Siegmar Wyrwich
Der achte Rodin
Roman

© Siegmar Wyrwich, 2018, Deutschland.
Umschlagmotiv: Siegmar Wyrwich
Lektorat: Peter Friedrich
Verlag: Edition Swy (Selbstverlag)
ISBN 978-3-00-059466-3

Sämtliche agierenden Personen und Einrichtungen in diesem Text sind frei erfunden. Ähnlichkeiten mit lebenden oder verstorbenen Personen sind zufällig.

Siegmar Wyrwich
Felsenstraße 23
47058 Duisburg
www.facebook.com/siegmarwyrwichautor

August Thyssen

(* 17. Mai 1842 in Eschweiler; † 4. April 1926 auf Schloss Landsberg) war ein deutscher Industrieller

François-Auguste-René Rodin

(* 12. November 1840 in Paris; † 17. November 1917 in Meudon) war ein französischer Bildhauer und Zeichner.

Von Albert Einstein stammt angeblich dieses schöne Zitat:
"Ein Freund ist ein Mensch, der die Melodie deines Herzens kennt und sie dir vorspielt, wenn du sie vergessen hast."

Für Inspiration und erhellende Einblicke in ihre Berufswelt danke ich meinen Freunden Manni Hallen (Bildhauer) und Frank Switala (Gästeführer).

Für's Vorspielen der Melodie zur rechten Zeit danke ich Vida Norouzi und Peter Friedrich.

Der Mensch ist in der Lage, zu entscheiden,
etwas **nicht** zu tun.
Das unterscheidet ihn vom Pawlowschen Hund.

Paul Werner

Inhaltsverzeichnis

Ein seltsames Geschenk

1

Der März war ungewöhnlich kühl und feucht. Paul Werner zog den Reißverschluss seiner Steppjacke ein Stück höher und bat die Gruppe, etwas näher heranzutreten. Hier an den Mauern des ehemaligen Pförtnerhäuschens stand man ein wenig windgeschützt. Er bedauerte, dass er ihnen kein besseres Wetter bieten konnte. Sie waren allesamt eigens aus Schweden angereist. Ein Dutzend Journalisten der unterschiedlichsten Zeitungen und Fernsehsender, die dieses berühmte Monument der Industriekultur einmal mit eigenen Augen sehen wollten. Seit das ehemalige Hüttenwerk 1996 erstmals als Kultur- und Freizeitpark präsentiert wurde, kamen Jahr für Jahr immer mehr Besucher von nah und fern.

Paul Werner war Gästeführer der ersten Stunde. Damals war es für ihn zunächst mehr oder weniger ein Spaß gewesen. Ein netter Nebenjob, mit dem er sich ein willkommenes Zubrot verdiente, das ihm half, während des Jurastudiums über die Runden zu kommen.

Doch irgendwann, fast unmerklich, war er mehr und mehr dieser Aufgabe verfallen. Er genoss es, wie die unterschiedlichsten Besucher aufmerksam an seinen Lippen hingen, wie sie staunten, wenn er die gigantischen Arbeitsprozesse der Vergangenheit mit eindrucksvollen Zahlen belegte und wie sie mit ihm schmunzelten, wenn er all die Fakten mit zahlreichen amüsanten Anekdoten anreicherte. Vor allem aber bewegte es ihn immer wieder, wie sie dann am Ende erfüllt und bereichert nach Hause gingen. So jedenfalls empfand er es. Es war ihm zur schicksalhaften Passion geworden, die Menschen für diese stählerne Kathedrale zu begeistern.

»Ich glaube, wir sind komplett.« Eine weibliche Stimme mit leichtem skandinavischen Akzent riss ihn aus seinen Gedanken. Er schaute auf und sah in die blauen Augen einer groß gewachsenen Frau. Sie war vielleicht um die Dreißig. Unter ihrer Kapuze schimmerten blonde, regennasse Strähnen. Sie schien die Wortführerin zu sein. Jede Gruppe hatte ihre Wortführer. Paul Werner hatte die Erfahrung gemacht, dass es selbst in zufällig zusammengewürfelten Besuchergruppen sehr schnell einen oder zwei Wortführer gab. Gerade bei größeren Gruppen war das oft ein Vorteil. Es förderte die Aufmerksamkeit.

Er nickte der Blonden bestätigend zu. »Fein!« sagte er. »Dann gehört der Herr dort hinten also nicht zu uns.«

Die gesamte Gruppe wandte sich nun um. Etwa zwanzig Meter von ihnen entfernt stand ein älterer Herr im Regen und beobachtete sie. Er trug einen altmodischen olivgrünen Parka. Die Schweden schüttelten die Köpfe. Er gehörte nicht zu ihnen.

»Gut. Also dann wollen wir mal.« Paul Werner mischte sich unter die Gäste und führte sie am Gasometer vorbei Richtung Pumpenhalle.

»Dieser Gasometer ist nicht mehr mit Gas gefüllt, sondern mit Wasser. Er ist heute Europas größtes Indoor-Tauchzentrum. Auf seinem Grund befinden sich ein künstliches Riff, ein Schiffswrack, ein Flugzeugwrack und viele andere Dinge mehr, die Tauchern Spaß machen«, begann er seine Führung.

Unauffällig schaute er sich nach dem Mann im Parka um. Die Stelle, an der er eben noch gestanden hatte, war leer. Aber Paul spürte, dass sie weiterhin beobachtet wurden.

2

Die Hände des Künstlers glitten geschickt über die feuchte, geschmeidige Masse und gaben der Skulptur nach und nach ihre ästhetische Form. Es war mehr als nur Genugtuung, als Manni Baumann erkannte, dass sie genau so werden würde, wie er es sich in seiner Fantasie ausgemalt hatte.

Er spürte, wie Freude und Begeisterung begannen, den Schwung seiner Hände zu leiten. Dieses Glücksgefühl übermannte ihn selbst nach all den Jahren seiner bildhauerischen Tätigkeit noch immer, und er konnte es mit niemandem teilen. Es war dem Schöpfer allein vergönnt. Er gab sich ihm ganz hin und holte furchtlos zu noch kühneren Formen aus. Erst als er nach der Spachtel greifen wollte, stellte er ein wenig erschrocken fest, dass seine Finger starr vor Kälte waren.

Ja, selber Schuld! Er hatte die verdammte Heizung noch nicht repariert. Sie war schon seit knapp einem Monat defekt. Aber wie das so ist: Wenn eine Reparatur ins Haus steht, dann bleibt es selten bei einem Schaden allein. Ausgerechnet in derselben Woche fing sein Sprinter an zu bocken. Und ohne Fahrzeug war er hier auf dem Land aufgeschmissen. Also musste erst einmal das Auto repariert werden. Beides zugleich hätte sein Budget überstiegen. Er war schließlich kein Krösus.

Plötzlich fiel ihm der Heizstrahler ein. Im letzten Herbst hatte er hier in seinem Skulpturengarten eine Gemeinschaftsausstellung organisiert. Sie war gut besucht gewesen und mit den anderen Künstlern und ein paar übrig gebliebenen Besuchern hatten sie noch bis lange nach Mitternacht im Freien gesessen. Als es frisch wurde, hatte irgendjemand einen Heizstrahler vorbeigebracht. Seitdem stand der draußen im Zelt.

Manni trat vor die Tür und genoss den Blick auf seinen »verwunschenen« Skulpturengarten. So nannten ihn manche Gäste. Eigentlich wäre jetzt die Zeit gewesen, sich um die Pflanzen zu kümmern, aber das Wetter war in diesem Jahr einfach noch zu schlecht. Die Kälte ließ den kommenden Frühling nicht einmal ahnen. Doch Manni liebte sein kleines Stück »Toscana« selbst bei miesestem Wetter. Er lebte hier auf dem Land und war trotzdem nur einen Katzensprung von der Stadt entfernt.

Hier prägten Äcker, Höfe und Ställe das Landschaftsbild, während drüben, am Horizont, aufgehalten nur durch den Rhein, die Industriekulisse aus hunderten von Schloten und gigantischen Stahl- und Betongebilden an die Ufer drängte.

3

»Das hält doch kein Mensch aus!«

»Wie, bitte?« Paul Werner verstand nicht.

»Na, das ist doch viel zu heiß«, bekräftigte die Blonde ihre Sorge.

»Ach so!« Nun fiel der Groschen.

Gerade eben hatte er davon erzählt, dass die Arbeiter hier in der Gießhalle früher, nur durch eine Lederschürze geschützt, den Abstich von zweitausend Grad heißem Roheisen durchführten.

»Allerdings«, bestätigte Paul, »Und nicht nur das. Die Gesundheit und die Sicherheit der Arbeiter war lange Zeit kein Thema, das man sonderlich ernst genommen hätte. Erst seit Mitte der 1970er-Jahre gibt es in der Bundesrepublik ein Arbeitssicherheitsgesetz. Bis dahin war es dem Gutdünken der Stahlbarone überlassen, ob sie sich um das Wohlergehen ihrer Arbeiter kümmerten oder nicht.«

Doch auch danach war es mit dem Wohlergehen nicht weit her, dachte Paul grimmig, hielt sich aber mit weiteren Ausführungen dazu zurück. Er wollte die Stimmung nicht versauen.

Ende der 1970er bis Mitte der 1980er-Jahre waren in der Stadt zehntausende Stahl- und Hüttenarbeiter entlassen worden. Sie hatten ihre Schuldigkeit getan. Massenhafte Langzeitarbeitslosigkeit und kaum mehr bezahlbare Sozialausgaben für die einst reiche Stadt waren die Folge gewesen.

Dabei hatten die Malocher dieser Hütte hier noch Glück im Unglück gehabt. Als der Laden 1985 quasi über Nacht geschlossen wurde, musste erst einmal keiner von ihnen stempeln gehen. Sie wurden entweder auf andere Werke verteilt oder gingen in den Vorruhestand. Es waren ohnehin nur noch dreihundert von ehemals dreieinhalbtausend übrig gewesen. Pauls Vater war damals einer von denen, die ins Ruhrorter Werk gewechselt hatten.

»Die Gießhalle war sozusagen der Krönungssaal der Hüttenarbeiter«, sagte Paul.

Die Besuchergruppe versuchte, sich ein Bild davon zu machen, wie es hier damals wohl ausgesehen haben mochte. Außer der Rinne im Boden, durch die seinerzeit das flüssige Eisen rann, erinnerten nicht mehr allzu viele Details an die alte Produktionsstätte. Stattdessen prägten endlose Stuhlreihen das Bild. Und eine riesige Leinwand.

»Heute ist es hier nicht mehr so gefährlich«, fuhr Paul fort. »Man bekommt allenfalls Blähungen durch übermäßigen Popcorn-Genuss. An vierzig Nächten im Sommer kommen hier allabendlich mehr als tausend Kinofans ins Open-Air-Kino. Falls es mal regnen sollte, schiebt sich dann ein transparentes Folienkissendach über die Besucher.«

Die schwedische Gruppe schaute auf. Aber Paul erkannte, dass es weniger die Dachkonstruktion war, die sie beeindruckte, als vielmehr die bedrohlich dunkle Wolkendecke, die neuerliche Niederschläge verhieß.

»Ich glaube, wir haben uns jetzt etwas Wärmendes verdient«, seufzte er und sprach damit allen aus dem Herzen.

4

Am Restaurant des Parks, dem ehemaligen Haupt-schalthaus, wurde die Gruppe von einer Mitarbeiterin der Tourismus-Agentur, für die Paul arbeitete, in Empfang genommen.

Paul hätte sich nun verabschieden können, denn sein Job war hier erledigt, doch der Gedanke an einen heißen Kaffee, veranlasste ihn, noch ein wenig bei der Gruppe zu bleiben.

Der größte Tisch mit der schönsten Aussicht war für sie reserviert. Es war angenehm warm und die Heißgetränke taten ihr Übriges, sodass schnell eine lockere und gelöste Stimmung aufkam.

Die Blonde hatte, wohl nicht zufällig, einen Platz neben Paul gefunden. Sie bedankte sich höflich bei ihm für die interessante Führung. Für das Wetter könne er schließlich nichts. Sie kündigte an, im Sommer wiederzukommen. Mit einem Kamerateam. Und sie hoffe doch sehr, dann auch Paul hier anzu-treffen.

Paul machte keinen Hehl daraus, dass er sich geschmeichelt fühlte und sie tauschten ihre Visiten-karten aus. Er wollte Elsa, so hieß die Blonde, gerade beim Enträtseln der Speisekarte behilflich sein, da zeigte sein Smartphone, begleitet von einem melodischen, aber viel zu lauten Signalton, eine neue Nachricht an.

Eigentlich hätte er die Störung ignorieren müssen, doch das groß aufleuchtende Profilbild gehörte unverkennbar zu Sabrina. Sie meldete sich nie ohne Grund per Messenger. Er schob das Foto mit dem Daumen beiseite und las: »Vergiss bitte die Muscheln nicht!« Ein Küsschen-Smiley beendete den Satz.

»Ihre Frau?« Elsa lächelte ihr blondestes Lächeln.

Paul wollte erst zu einer Erklärung ansetzen, entschied sich dann aber für ein kurzes »Ja.« Schließlich waren Sabrina und er ja so etwas wie ein Ehepaar. Auch ohne Trauschein. Und die Muscheln hätte er tatsächlich beinahe vergessen. Er hatte Jakobsmuscheln beim Fischhändler auf dem Markt bestellt. Für das Essen heute Abend. Der Markt würde gleich schließen und er musste sich beeilen.

»Es tut mir wirklich sehr leid, aber ich muss aufbrechen. Es war sehr schön. Wir bleiben auf alle Fälle in Kontakt.«

Er war aufgestanden, hatte seine Steppjacke schon wieder übergestreift und klopfte eilig ein paar Mal auf den Tisch, um sich auch von den anderen Gruppenmitgliedern zu verabschieden.

In Elsas Lächeln mischte sich ein Fragezeichen. Nichtsdestotrotz winkte sie ihm höflich zum Abschied.

Paul fühlte sich nicht wohl in seiner Haut. Natürlich würden sie nicht in Kontakt bleiben, dachte er. Dabei fand er sie durchaus sympathisch. Aber man sagte das halt so. Was machte er sich eigentlich einen Kopf? Manchmal verfluchte er sich dafür, dass ihm Gleichgültigkeit so gar nicht in die Wiege gelegt worden war.

Als er aus dem Restaurant trat, wurde er bereits erwartet. Vor ihm stand der Mann im Parka. Sein Gesicht kam ihm irgendwie bekannt vor.

»Herr Werner. Kann ich Sie kurz sprechen?«

»Das ist gerade ganz, ganz schlecht. Was gibt es denn?«

Paul ließ sich auf seinem Weg zum Parkplatz nicht aufhalten. Der Mann im Parka folgte ihm.

»Mein Name ist Gerling. Ich habe früher hier auf der Hütte gearbeitet. Genau wie mein Vater. Und wie mein Opa.«

Paul nickte. So etwas hatte er sich schon gedacht.

»Ich habe zweimal an ihrer Führung teilgenommen und war jedes Mal begeistert«, ergänzte der Mann. »Ich habe auch ihr Buch gelesen.«

»Ach, Sie waren das!« witzelte Paul.

Sein Buch über die Entwicklung der Stadt zur Zeit August Thyssens, in das er vor zwei Jahren unglaublich viel Zeit und Arbeit investiert hatte, hatte sich zu seiner Enttäuschung als absoluter Ladenhüter erwiesen.

»Ich kenne niemanden, der auf diesem Gebiet auch nur annähernd so kompetent ist, wie Sie.« fuhr der Mann unbeirrt fort, »Vor allem aber keinen, der so wie Sie mit ganzem Herzen bei der Sache ist. Ich vertraue Ihnen voll und ganz.«

Paul wurde es langsam mulmig angesichts derartiger Lobhudelei. Worauf wollte der Mann hinaus? Zum Glück waren sie jetzt an seinem Auto angekommen und er musste das Gespräch wohl oder übel abkürzen.

»Vielen Dank«, sagte er. »Also, worum geht es?«

Der Mann zögerte einen Moment. Schließlich sah er Paul fest in die Augen.

»Ich möchte Ihnen ein Erbe vermachen.«

Paul starrte ihn entgeistert an. Dann stieg er in seinen Wagen und knallte die Tür ein wenig zu heftig zu. Nachdem er tief Luft geholt hatte, fuhr er das Seitenfenster hinunter.

»Brauchen Sie etwas vom Markt?«

Er machte eine einladende Geste in Richtung Beifahrersitz.

Der Heizstrahler verbreitete wohlige Wärme. Während die Skulptur, die er heute Morgen begonnen hatte, langsam trocknete, begann Manni Baumann, eine weitere Skulptur zu formen.

Er musste die Zeit nutzen. Schlechtwetterzeit war Arbeitszeit. Sobald es wärmer wurde, nahmen auch die Besuche zu. Nicht so sehr die der Kunstinteressierten. Sein Garten war zwar allgemein zugänglich, das öffentliche Interesse hielt sich jedoch in Grenzen. Vielmehr kamen dann regelmäßig und meist unangekündigt Freunde und Bekannte aus der Stadt und aus dem Umland.

Manni wollte es so. Er hatte ein offenes Haus und er liebte es, nette Leute um sich zu haben. Und seine Freunde liebten die inspirierende Mischung aus Kunst, Natur, Geselligkeit und Genuss, die Manni ihnen hier bot. Wer einmal seinen Garten besucht hatte, kam immer wieder.

Manni legte die Kelle beiseite, strich sich über die wirren grauen Haare und dachte nach. Warum konnte er das eigentlich nicht besser nutzen? Er hatte es mal mit Werbung versucht. Mit Flyern. Aber sein Name war zu unbekannt. Vielleicht musste man die Leute über einen Umweg hierhin bekommen. Er grinste. Umweg war nicht schlecht. Das war die Idee!

Eine Tour durch die niederrheinischen Skulpturen-gärten! Mit großem Finale in Manni Baumanns Skulp-turengarten bei Bier, Wein und Tapas. Der Laden würde brummen!

Und er wusste auch schon, mit wem er die Tour organisieren würde. Heute Abend musste er den Plan unbedingt mit seinem Freund Paul Werner bespre-chen.

Das erste Essen in der neuen Wohnung sollte etwas ganz Besonderes werden. Sabrina hatte sich gut vorbereitet. Sie war eine sehr gute Köchin und eine vollendete Gastgeberin.

Als Vorspeise gab es gebratene Jakobsmuscheln an Bärlauchpesto und Lamm mit Minze als Hauptgang. Als Dessert beließ sie es bei einer bewährten Crème Brulee nach eigener Rezeptur.

Die Gäste waren hin und weg. Sie hatte ihre Anwaltskollegen und deren Ehefrauen eingeladen. Vor allem Ruprecht Berger äußerte sich derart enthusiastisch über Sabrinas Kochkünste, dass er sich manchen pikierten Seitenblick von seiner Frau Jana einhandelte.

Sabrina servierte die einzelnen Gänge mit diesem typischen entrückten Lächeln, das Paul Werner an ihre gemeinsame Studienzeit erinnerte. Es verriet ihm, dass es ihr ausgesprochen gut ging und das freute ihn sehr. Er kannte ihre Geheimnisse. Dieses Lächeln war eines ihrer Geheimnisse. Ein anderes war, dass sie weiß Gott nicht die galante und gut erzogene Dame war, die sie allerdings perfekt zu geben wusste.

In letzter Zeit hatte er sich ein wenig Sorgen um sie gemacht. Sie hatte sich neben ihrem arbeitsintensiven Beruf keinerlei Ruhephasen gegönnt und ihre gesamte freie Zeit in die Gestaltung der neuen Wohnung investiert. Diesmal sollte alles stylish bis ins Detail sein.

Paul fand zwar, dass es im Leben Wichtigeres gab, doch es war ihr ausdrücklicher Wunsch. Deshalb hatte er sie einfach machen lassen. Im Grunde war es durch und durch Sabrinas Wohnung. Nicht nur, weil sie die Eigentumswohnung bezahlt hatte, sondern auch, weil sie diesmal ausschließlich nach ihrem Geschmack eingerichtet war.

Paul fand das in Ordnung, denn schließlich hatte sie es ja ebenso jahrelang in seiner Studentenbude ausgehalten. Wenn es nach Paul gegangen wäre, hätten sie dort noch ein Weilchen bleiben können, aber Sabrina hatte es an der Zeit gefunden, komfortabler und repräsentativer zu wohnen.

Und sie hatte wohl recht, denn allein die Inszenierung dieses Essens heute Abend, wäre in der alten Wohnung kaum möglich gewesen.

Paul schenkte Ruprecht und Jana Berger von dem Wein nach. Winfried Goch blieb bei Wasser, da er heute Abend den Fahrdienst übernommen hatte. Seine Frau Gundula bevorzugte Sekt. Nachdem die Gäste zufriedengestellt waren, goss Paul auch Sabrina und sich selbst von dem Wein nach.

»Ruprecht hat es endlich geschafft, unseren Weinhändler von der Californischen Traube zu überzeugen«, sagte Jana Berger und schwenkte ihr Weinglas prüfend unter den geblähten Nasenflügeln hin und her.

»Das war weiß Gott nicht einfach«, grinste Ruprecht.

Paul ahnte, was jetzt kommen würde. Miami!

Und tatsächlich brauchte Ruprecht nur zwei Sätze, um auf sein Lieblingsthema überzuleiten. Ihr tolles Hotel in Miami, der unschlagbare Service der Amerikaner, von dem sich vor allem die Deutschen eine Scheibe abschneiden könnten, und der neidlose Umgang der Amis mit ihren Reichen und Superreichen, was das Leben so viel angenehmer mache.

Anfangs hatte sich Paul auf heftige Diskussionen eingelassen. Inzwischen nickte er nur noch stumm und hoffte, dass das Thema bald gewechselt würde. Heute kam ihm das Telefon zu Hilfe.

Das Festnetztelefon klingelte, und das konnte nur für Paul sein. Die Einzigen, die über Festnetz anriefen, waren entweder seine Mutter oder Manni.

Er erhob sich und ging zum Sideboard, auf dem das Telefon stand. Er musste sich tief ducken, um den Hörer abnehmen zu können, denn die große Palme, die Ruprecht und Jana zur Einweihung mitgebracht hatten, versperrte ihm den Weg. Außerdem hatte sich Sabrina für ein schickes Retro-Telefon mit Wählscheibe und stilechter Kabelanbindung entschieden, sodass er das Gerät nicht einfach mitnehmen konnte.

Wie erwartet meldete sich Manni am anderen Ende. Paul konnte ihn allerdings nur schlecht verstehen, da Ruprecht und Jana sich gerade gegenseitig in der Wiedergabe einer Anekdote aus Miami Beach übertrumpften. Er hielt sich das eine Ohr zu und bemühte sich, mit dem anderen zu erraten, was Manni ihm aufgeregt mitzuteilen versuchte.

»Eine Tour durch die Niederrheinischen Skulpturengärten? Super Idee!«

Paul wollte sich aufrichten. Als er jedoch bemerkte, dass dabei die Blätter der Palme zu knicken drohten, ergab er sich wieder in seine gebückte Haltung.

»Du, Manni, wo du gerade dran bist. Hättest du Samstag mal Zeit? Ich bräuchte mal deinen Sprinter-Service. Wir müssen da einen Dachboden leer räumen. Eine Nachlassgeschichte.«

Ruprechts und Janas Miami-Anekdote schien nicht schlecht gewesen zu sein, denn der gesamte Esstisch war in brüllendes Gelächter ausgebrochen.

Diesmal hatte Manni kein Wort verstanden. Paul wiederholte leicht genervt etwas lauter:

»Einen Dachboden leer räumen! Eine Nachlassgeschichte!«

Mit einem Mal war es absolut still in der Wohnung. Sabrina, Ruprecht, Jana, Winfried und Gundula schauten zu Paul herüber, der, fast schmerzhaft gekrümmt, den Telefonhörer am Ohr, zurückblickte und ein Lächeln versuchte.

»Erklär ich dir später. Ich melde mich.«

Er legte auf.

8

Es war eine hübsche Straße, in der Gerling wohnte. Und eine sehr ungewöhnliche zudem. Denn trotz der Nähe zur Innenstadt gab es hier kleine Einfamilienhäuser, wie man sie sonst eher in den ländlicheren Vororten vorfand.

Es war sicherlich keine Wohngegend für Besserverdiener, doch schienen die Häuschen allesamt im Besitz ihrer jeweiligen Bewohner zu sein. Darauf ließen die individuellen Türen, Briefkästen und Außenbeleuchtungen schließen. Ebenso die mit unterschiedlichen Klinkern oder Farben geschmückten Fassaden. Ein Eldorado für Baumarktbesitzer.

Alle Häuschen hatten adrette kleine Vorgärten. In dem vor Gerlings Haus stand eine mit Erde gefüllte Lore. Im Sommer diente sie wohl als origineller Blumenkübel, doch jetzt sah das vertrocknete Gestrüpp darin nur trostlos aus.

Zwei niedrige Stufen führten zur Haustür. Dort gab es nur eine einzige Schelle. Also wohnte Gerling hier allein. Obwohl es Mittag war, sahen sie durch die Türverglasung, wie im Flur das Licht anging, nachdem sie geklingelt hatten.

Gerling bat sie herein. Es roch ein wenig muffig.

»Meine Frau ist vor zehn Jahren gestorben«, sagte er tonlos, »seitdem habe ich hier nichts mehr verändert.«

Wohl wahr, dachte Paul, nachdem er sich unauffällig umgeschaut hatte.

Die Einrichtung war mindestens dreißig Jahre alt. Eher älter. Das, was man so als Gelsenkirchener Barock bezeichnete.

»Was darf ich Ihnen zu trinken anbieten? Kaffee? Oder vielleicht ein Bier?«

Sie entschieden sich für Kaffee und nahmen in den schweren, durchgesessenen Ledersesseln Platz, die das Wohnzimmer dominierten, während Gerling in der Küche verschwand.

Paul sah sich um. Auf der Ablage des Wandschranks befanden sich jede Menge Medikamentenpackungen und Fläschchen, und den Wohnzimmertisch füllte ein enormes unvollendetes Puzzle aus. Es sollte wohl ein Alpenmotiv werden.

Ein großes Fenster und eine gläserne Tür gaben den Blick in den immer noch winterlich wirkenden Garten frei. Die blattlosen Zweige eines Baumes tanzten in den Windböen, als wollten sie die dunklen Wolken, die gefährlich dicht über sie hinwegzogen, mit Peitschenhieben vertreiben.

»Wird Zeit, dass endlich Frühling wird«, seufzte Manni.

»Oh ja«, pflichtete Paul ihm bei. Er war aufgestanden und ans Fenster getreten.

»Eigentlich ganz nett. Ich könnte mir vorstellen, dass man es hier im Sommer gut aushalten kann. Apropos Sommer: Die Tour durch die Skulpturengärten sollten wir testweise im Sommer starten. Ich mache in den nächsten Tagen mal eine Kalkulation.«

Schritte näherten sich.

»Zucker und Milch nehmen Sie sich bitte selbst.«

Gerling kam mit einem Tablett herein. Der Kaffeeduft verdrängte den Muff auf angenehme Weise.

»Nach dem Kaffee werde ich Ihnen meine Reliquien zeigen.«

Gerling zog bedeutungsvoll die Brauen hoch und ließ keinen Zweifel daran, dass ihnen schon bald ein besonderes Privileg zuteil werden würde.

Paul unterließ es, seine Wortwahl zu korrigieren. Denn es war gut möglich, dass die Exponate für Gerling tatsächlich so etwas wie Reliquien waren. Die Exponate seines ganz privaten Arbeitermuseums.

9

Der schwer beladene Sprinter grub tiefe Rinnen ins regengetränkte Kiesbett, als er in Mannis Hof einbog. Manni hatte während der ganzen Fahrt kein einziges Wort gesprochen. Paul wusste, das war kein gutes Zeichen, und so verharrte er stumm auf dem Beifahrersitz.

Natürlich hätte er sich Gerlings »Erbschaft« vorher erst einmal ansehen sollen. Nun war es zu spät.

Gerling hatte sie voller Stolz auf seinen Dachboden voller alter Werkzeuge, Gerätschaften und Kisten geführt. Sein Urgroßvater hatte die Sammlung einst begonnen und an die nächste Generation weitervererbt. Jeder hatte dann etwas dazu beigetragen.

Da Gerling aber kinderlos geblieben war, war die Existenz seines Archivs bedroht. Um so glücklicher war er, dass es bei Paul nun in gute Hände kam.

Mannis Gesichtsausdruck zeigte jedoch nach flüchtigen Blicken in die eine und andere Kiste immer deutlichere Anzeichen von Entsetzen. Arbeitsjacken und Kittel, alte Betriebs- und Gewerkschaftszeitungen, Dosen mit Sandseife und mit Schnupftabak.

Das Meiste gehörte wohl eher auf den Sperrmüll oder in die Altkleidersammlung. Bestenfalls auf den Flohmarkt.

Nachdem er den Wagen abgestellt hatte, schnappte sich Manni wortlos eine große Kiste und schleppte sie in den Schuppen, den er dafür freigeräumt hatte. Paul griff sich die sperrige lange Stahlarbeiterstange, an deren Ende eine Schöpfkelle angebracht war, und folgte ihm.

»Lass uns das erstmal in Ruhe sichten«, gab sich Paul versöhnlich. »Den Sperrmüll kann ich dann immer noch anrufen. Das eine oder andere lässt sich sicherlich auch bei Ebay verscherbeln.«

Manni setzte die Kiste ab und wollte gerade einen bissigen Kommentar anbringen. Als er jedoch Pauls betrübten Gesichtsausdruck bemerkte, musste er laut auflachen.

Paul sah ihn irritiert an.

»So sehen also Erbschaften aus, die Leuten wie uns vermacht werden«, kicherte Manni, und beide entspannten sich.

Nachdem alles ausgeladen und im Schuppen verstaut war, machten sie ein Bier auf und stießen mit den Flaschen an: »Auf die Freundschaft und die Zukunft!«

Paul nahm einen großen Schluck und ließ sich ein wenig erschöpft auf einer Kiste nieder. Trotz des kühlen Wetters war er bei der Arbeit ins Schwitzen gekommen. Obwohl Manni weitaus älter als Paul war, schien es ihm nichts ausgemacht zu haben.

Er öffnete eine Kiste und holte ein dickes Buch heraus. Den Titel zierte die Zahl 1910 in großer, goldener Schrift. Er schlug es auf und wirkte ein wenig überrascht.

»Handschrift. Scheint ein Tagebuch zu sein.«

Er blätterte zurück zur ersten Seite. »Ja. Tagebuch der Hedwig Goldacker.«

»Zeig mal!«

Paul war plötzlich hellwach. Alte Tagebücher faszinierten ihn. Manni reichte ihm das Buch und holte ein Weiteres aus der Kiste, das jetzt mit 1912 betitelt war. Sie blätterten eine Weile jeder für sich. Dann meldete sich Paul lachend zu Wort.

»Das hier ist witzig:

In der Schule sprachen heute alle über einen Herrn Amundsen. Er will als erster Mensch den Südpol betreten. Mir würde das nicht gefallen, den ganzen Tag diese arge Kälte. Aber er ist Norweger und wahrscheinlich macht es den Leuten aus dem hohen Norden nicht gar so viel aus.«

Manni begleitete Pauls Lachen mit seinem typischen Kicherton. Dann zitierte er aus seinem Buch. »Hier steht auch was über Thyssen:

Herr Thyssen ist seit einigen Tagen mit nichts mehr zufrieden. Niemand kann ihm etwas recht machen. Man hört kein Schwatzen und kein Lachen mehr, wie wir es sonst gewohnt sind. Alle gehen nur noch still ihren

Pflichten nach. Vater meint, es liegt alles nur an dem achten Rodin. Seit der aufs Schloß kam, ist unser Herr noch verbitterter geworden, als er es ohnehin schon war.«

»Rodin? Der Bildhauer? Der, mit dem Denker?«

»Ja. Auguste Rodin.«

»Wow! Ich wusste gar nicht, dass August Thyssen Kunstsammler war.«

»War er auch nicht. Jedenfalls nicht so wirklich. Aber er hatte Auguste Rodin einmal kennengelernt, als er in Paris war. Bei der Weltausstellung. Seitdem war er ein großer Fan von ihm. Er hatte bei ihm mehrere Skulpturen in Auftrag gegeben. Ich hab die mal im Pariser Rodin Museum gesehen. Es war eine Sonderausstellung. Normalerweise sind die Thyssen-Rodins in Madrid ausgestellt. Im Thyssen-Bornemisza-Museum.«

»Von wann ist der Eintrag?«

»Von 1912.«

»Dann ist wohl Schloss Landsberg gemeint. An der Ruhr, bei Kettwig. August Thyssen hat dort seit 1904 gewohnt.«

Paul hob seine Bierflasche in die Höhe. »Und was sagt uns das?«

Manni hob auch seine Bierflasche in die Höhe: »Ein Schloss schützt nicht vor schlechter Laune.«

»Oder«, ergänzte Paul, »Geld macht nicht unbedingt glücklich!«

Sie stießen an: »Auf die Freundschaft und die Zukunft!«

10

Die schwere Tür des Amtsgerichts fiel mit einem dumpfen Geräusch ins Schloss. Sabrina trat hinaus auf den Platz. Sofort schlug ihr eine ungewohnte Wärme entgegen und das grelle Sonnenlicht ließ sie für einen Moment innehalten.

Als ihre Augen sich an die unerwartete Helligkeit gewöhnt hatten, glaubte sie sich mit einem Mal in einem fernen Land. Noch vor ein paar Stunden hatte der Wind hier graue Gestalten durchs Schmuddelwetter getrieben. Doch nun herrschte eine beinahe mediterrane Frühlingsstimmung. Die weiße Fassade des Theaters mit ihren imposanten Säulen erstrahlte in gleißendem Licht, und auf den Bänken rund um die »schwebenden« Rasenflächen tummelten sich urplötzlich Menschen aller Altersklassen und Nationen.

Die meisten von ihnen sogen mit geschlossenen Augen die lang ersehnten Sonnenstrahlen auf. Andere hatten ihre Jacken und Pullover ausgezogen und benutzten sie als Decken, um es sich auf den Grünflächen bequem zu machen. Über allem lag eine friedliche, relaxte Atmosphäre.

Sabrina hatte ihren nächsten Gerichtstermin in zwei Stunden. Genug Zeit also, um noch einige Arbeiten an ihrem Schreibtisch in der Kanzlei zu erledigen, doch sie entschied sich dafür, lieber das schöne Wetter zu genießen.

Sie ließ sich von der Stimmung anstecken und bummelte gelassenen Schrittes an den Rasenflächen vorbei Richtung Königstraße, dem Shoppingboulevard der Stadt. Sie war kaum ein paar Meter gegangen, da hörte sie, wie jemand ihren Namen rief.

Sie sah sich um, und entdeckte Ruprecht auf einer der Rasenbänke. Er war leidlich bemüht, das Eis in seinem Waffelhörnchen mit heftigen Zungenschlägen daran zu hindern, auf sein Jacket zu tropfen. Als sie lächelnd auf ihn zuging, rückte er, um ihr Platz zu machen, ein wenig zur Seite, ohne die Bändigung seines dahinschmelzenden Speiseeises zu unterbrechen. Seine Sätze klangen deshalb etwas abgehackt.

»Sabrina, Darling, ich bin noch gar nicht dazu gekommen, dir zu danken. Es war ein wunderschöner Abend bei dir. Und das Essen war einfach fantastisch.«

Die Proportion seines Eises war jetzt endlich so weit geschrumpft, dass es gefahrlos in der Waffel ruhte.

»Für uns war es auch sehr schön«, bedankte sich Sabrina, nachdem sie neben ihm Platz genommen hatte.

»Endlich Frühling!« sagte Ruprecht und schlürfte den Rest des Eises aus dem Hörnchen.

»Übrigens«, fuhr er dann in vertraulichem Ton fort. »Ich wollte an dem Abend nichts sagen, aber, ... du weißt ja, dass ich auch noch die gesetzlichen Betreuungen mache. Da fallen immer wieder mal Haushaltsauflösungen an. Und ich habe mir überlegt, wenn Paul Lust hat, kann ich die problemlos an ihn vergeben.«

Sabrina sah ihn fragend an.

»Na ja«, ergänzte Ruprecht, »es ist nicht viel. Aber es hätte eine gewisse Regelmäßigkeit.«

»Paul soll den Entrümpler machen?«

Sabrina sah ihn beinahe entsetzt an. Sie konnte kaum glauben, was sie da hörte.

»Das ist nichts Ehrenrühriges. Was wäre denn so schlimm daran?«

Sabrina starrte verwirrt auf den Boden. Was hatten ihre Kollegen eigentlich für ein Bild von Paul? Im Grunde war er doch auch ein Kollege. Ein Jurist. Hatten sie das vergessen? Er hatte sich mutig entschieden seine eigenen Wege zu gehen. Er ... Was hatte sie für ein Bild von Paul?

Aus dem Augenwinkel sah sie, wie ein Tropfen Eis an Ruprechts Jackenzipfel herunter rann, eine milchige Spur hinterließ und schließlich auf dem Hosenbein landete. Das Speiseeis hatte gewonnen! Irgendwie freute es sie und sie musste schmunzeln.

Ruprecht stand auf. »Na ja. Ich wollte es ja eigentlich gar nicht ansprechen. Denk mal drüber nach. Es ist nur gut gemeint. Bis später!«

»Bis später.«.

Sabrina hob den Kopf und schloss die Augen. Die Wärme der Sonnenstrahlen tat gut. Also, was hatte sie eigentlich für ein Bild von Paul? Sie füllte in Gedanken einen imaginären Notizzettel aus. Er war liebevoll und mutig. Er war charmant und klug. Ihm war eine große Karriere als Jurist vorausgesagt worden, und er hatte lächelnd darauf verzichtet und sich stattdessen für einen Beruf und ein Leben entschieden, das ihn zwar nicht wohlhabend, wohl aber glücklicher machte. Wer traute sich das schon? »Der Mensch ist in der Lage, zu entscheiden, etwas nicht zu tun. Das unterscheidet ihn vom Pawlowschen Hund«, pflegte er dann immer zu sagen, wenn er auf Unverständnis stieß.

Er war kritisch und verletzlich. Er war anders. Ihn interessierte nicht, was die Welt von ihm erwartete, sondern nur das, was er von sich selbst erwartete. Vielleicht war das der Knackpunkt. Vielleicht hatte sein Eigenleben eine ganz eigene Dynamik entwickelt? Vielleicht hatte er sich im Laufe der Zeit immer mehr von dem entfernt, was man gemeinhin als gesellschaftsfähig bezeichnete?

Sabrina stellte plötzlich erschrocken fest, dass sie dabei war, Ruprechts Sichtweise verstehen zu wollen. Das würde sie sich Paul gegenüber niemals verzeihen.

Sie versuchte, an etwas anderes zu denken. Sie schloss die Augen und hielt das Gesicht den Sonnenstrahlen entgegen. Die Wärme tat noch etwa zehn Sekunden ihre wohlige Wirkung, doch dann schob sich eine Wolke vor die Sonne und schlagartig wurde es wieder kühl.

11

Nicht nur die Menschen, auch Flora und Fauna schienen aufzuatmen. Fast explosionsartig schossen die Knospen aus den Zweigen der Sträucher, und die Vögel wetteiferten um die schönsten Jubelgesänge. Wobei die Lautstärke ganz offensichtlich nicht proportional zu ihrer Körpergröße war. Groß und Klein gaben alles für die Frühlingssymphonie.

Manni hatte es sich auf der Terrasse bequem gemacht. Da die Sonne den Bildschirm seines Notebooks blendete, hatte er auch die Markise ein Stück heruntergekurbelt.

Auf dem Tisch standen eine Kanne mit Tee und ein Schälchen mit Studentenfutter. Außerdem hatte er sich einen Notizblock bereitgelegt. Denn Notizen machte er sich immer noch am liebsten handschriftlich auf Papier, statt im Computer.

Zum wiederholten Mal hatte er »August Thyssen Rodin« in die Suchmaschine eingegeben, und nun klickte er sich durch weitere Seiten der über sechzigtausend Suchergebnisse. Der Informationswert wurde allerdings immer dünner, wie er schon an den Zitatzeilen in der Suchmaschine erkannte.

Er wollte herausfinden, was es mit diesem achten Rodin auf sich hatte, von dem Hedwig Goldacker in ihrem Tagebuch gesprochen hatte. Im Madrider

Thyssen-Museum waren sechs Skulpturen aus August Thyssens Nachlass verzeichnet. In manchen Texten war auch schon mal von sieben Objekten die Rede. Nirgendwo aber wurden acht Rodins dieser Sammlung erwähnt.

Manni versuchte, sich an die Skulpturen zu erinnern, die er in der Sonderausstellung im Pariser Rodin-Museum gesehen hatte. Es waren genau die, die er auch hier auf der Webseite des Thyssen-Bornemisza-Museums gefunden hatte. An weitere konnte er sich nicht erinnern.

Er hörte plötzlich, wie ein Auto in die Einfahrt seines Hofes fuhr und den Kies zum Knirschen brachte. Bald darauf tauchte Paul auf der Terrasse auf. Er hielt eine Mappe in der Hand.

»Ach, nee! Da denkt man, der große Meister tut alles für seinen Ruhm und eine erfolgreiche Skulpturengartenführung. Stattdessen sitzt er hier in der Sonne und faulenzt!«

»Krieg dich ein!« konterte Manni. »Was hast du Schönes mitgebracht?«

Paul nahm sich einen Rattanstuhl von dem Stapel an der Wand und setzte sich zu Manni an den Tisch. Er wollte gerade die Mappe öffnen, da fiel sein Blick auf den Bildschirm.

»Ah! Thyssen Rodin! Auf den Geschmack gekommen?«

»Ja. Kann man so sagen. Irgendetwas stimmt nicht mit diesem achten Rodin.«

»Wieso? Was stimmt nicht?«

»Es gibt definitiv sechs Rodins in der Thyssen-Sammlung. Möglicherweise existiert irgendwo auch noch ein siebter. Aber einen achten scheint es niemals gegeben zu haben.«

»Na gut«, Paul zuckte die Achseln, »dann hat sich Tante Hedwig wohl verzählt.«

»Möglich. Nur irgendwie ist die ganze Geschichte seltsam.«

»Es sind Tagebucheinträge eines Schulmädchens. Ich würde das nicht all zu eng sehen.«

»Warum erzeugt eine Skulptur schlechte Laune? War sie fehlerhaft? Rodin hatte etliche Gehilfen, die für ihn den Marmor gekloppt haben. Vielleicht hatte einer Mist gebaut und Rodin hatte es übersehen? Darf eigentlich nicht passieren! Aber noch merkwürdiger ist die Sache mit dem Namen. Immer wenn in den Tagebüchern eine Rodin-Skulptur erwähnt wird, dann wird sie beim Namen genannt. Da waren dann die Besucher zum Beispiel begeistert von Christus und Magdalena, oder beim Spielen versteckte sich die kleine Hedwig hinter der Geburt der Venus. Nur die

Achte hat anscheinend keinen Namen. Sie ist einfach nur die Achte. Und es gibt sie sowieso nicht.«

Paul ahnte, daß Manni dabei war, sich in der Sache zu verrennen, deshalb suchte er nach einer pragmatischen Lösung, um seine Grübelei zu beenden.

»Wenn der alte Thyssen in diesem Zeitraum, 1912 war es glaube ich, eine Skulptur bestellt oder erhalten hat, dann muss das irgendwo verzeichnet sein. Schreib' doch mal an das Thyssen Archiv. Vielleicht haben die entsprechende Korrespondenz oder Zahlungsbelege, was auch immer. Die haben mir damals bei den Recherchen für mein Buch sehr geholfen. Heißt heute ThyssenKrupp Konzernarchiv. Die sitzen hier in Duisburg.«

Manni nickte still, dann zog er Pauls Mappe zu sich und öffnete sie.

Der Griff nach den Sternen

1

Die schrillen Farben des Lifesaverbrunnens leuchteten grell im Sonnenlicht und die feinen Wasserstrahlen, die aus den Flügeln des riesigen Brunnenvogels in den wolkenlosen Sommerhimmel schossen, webten bei ihrem Fall zurück zur Erde einen anmutigen glitzernden Perlenteppich.

Paul hatte seine Besuchergruppe die Königstraße entlang zur Brunnenskulptur der französischen Bildhauerin Niki de Saint Phalle geführt. Hier blieben sie stehen und zückten ihre Handys, um Gruppenfotos oder Selfies zu machen. Sie kamen aus Krefeld und sie waren allesamt Angestellte des dortigen Finanzamtes. Es war ihr Betriebsausflug. Die Amtsleiterin hatte Paul berichtet, sie habe ganz schön zu kämpfen gehabt, als sie erklärt hatte, dass der Ausflug diesmal nicht an die Mosel oder ins Sauerland führte, sondern in die unbekannte Nachbarstadt.

Doch von all dem Unmut war nun nichts mehr zu spüren. Paul hatte die Gruppe schnell auf seine Seite ziehen können. Das sonnige Wetter kam ihm dabei sehr gelegen. Die Königstraße vermittelte mit ihrer Lindenallee und den zahlreichen gut besuchten Biergärten fast südländisches Flair.

Als die Führung beendet war, kam es zu geradezu rührenden Verabschiedungsszenen. Die Einladung zu einem abschließenden Drink schlug Paul allerdings aus, denn er hatte noch einen Termin bei der Agentur, für die er am häufigsten arbeitete.

Auf dem Weg dorthin verlangsamte er seine Schritte. Er hatte es sich zur Gewohnheit gemacht, die Menschen und ihr Treiben im Gewimmel der Stadt in Ruhe zu beobachten. Mit der Zeit erkannte er Gesichter, die immer wieder in der Masse auftauchten. Da war zum Beispiel dieser Rentner, der schlurfend einen Bollerwagen hinter sich her zog. Aus dem Wägelchen dröhnten Elvis-Balladen in voller Lautstärke. »Love me Tender« und »Always on my mind«. Stets dieselben beiden Songs.

Dann war da der sportliche Flaschensammler. Auf einem Sportrad fuhr er perfekt gekleidet mit Trikot und Helm die Abfalleimer der Königstraße ab. An jeder Station prüfte er mit einer Stablampe, ob sich etwas Brauchbares darin befand. Wurde er fündig, weil er zum Beispiel eine Pfandflasche entdeckt hatte, zog er sich Einmalhandschuhe über und verstaute den Fund in den Satteltaschen.

Die skurrilste Figur aber war Rasputin. Natürlich lautete sein Name nicht wirklich Rasputin, doch man nannte ihn so. Alle nannten ihn so. Es hieß, er sei einmal ein erfolgreicher Unternehmer gewesen, und seinem Auftreten und seinem gepflegten Äußeren nach konnte das gut stimmen.

Rasputin gefiel es, Reden und Ansprachen zu halten. Das tat er manchmal auf einer Holzkiste, mitten in der Fußgängerzone. Am liebsten legte er jedoch dort los, wo sich gerade eine Schlange bildete. Das konnte ein Bankschalter sein, ein Telefonservice, oder auch schon mal eine Supermarktkasse. Dazu stellte er sich dann immer brav ganz hinten an und wartete, bis er an der Reihe war. Am Schalter angekommen, begann er schließlich laut und inbrünstig seinen Vortrag. Sein Repertoire war erstaunlich umfangreich. Von Nietzsche über Villon bis Goethe kannte er alles auswendig. Meist waren es jedoch Zitate, die der Menschheit ein böses Ende prophezeiten.

Schon mehrmals war Paul Zeuge einer solchen Ansprache geworden. Was ihn dabei am meisten bewegte, war weniger Rasputin und seine Ansprache, als vielmehr das Verhalten der umstehenden Menschen. Niemand beklagte sich, oder drängte gar auf einen Abbruch des Vortrags. Sie schienen das bereits zu kennen. Alle warteten ruhig ab, bis Rasputin gesagt hatte, was er zu sagen hatte.

Einmal sah Paul, wie ein Kassierer die anscheinend willkommene Unterbrechung an seinem Schalter dazu nutzte, sein mitgebrachtes Butterbrot auszupacken und genüsslich und selbstversunken hinein zu beißen.

2

Eigentlich war es eine Agentur, die sich auf sogenannte Incentives spezialisiert hatte. Für Mitarbeiter meist größerer Firmen aus Nord- und Süddeutschland wurden abwechslungsreiche Aufenthalte und Ausflüge in die Region organisiert. Da die geführten Touren dabei ein fester Bestandteil waren und man mit der Zeit Routine darin gewonnen hatte, waren sie zu einem regelmäßigen Angebot auch für die allgemeine Öffentlichkeit erweitert worden.

Die Agentur lag am Rande der Innenstadt. Obwohl Paul pünktlich auf die Minute war, bat ihn die Sekretärin, erst einmal Platz zu nehmen. Der Chef befand sich noch in einer Besprechung.

Paul nutzte die Gelegenheit, noch einmal die Notizen in seiner Mappe durchzugehen. Er hatte eine attraktive Skulpturengartenführung skizziert. Besuch der Museumsinsel Hombroich, anschließend Skulpturenpark Rees und schließlich Mannis Skulpturengarten mit Verköstigung und lockerer Runde mit dem Künstler. Für die Fahrten sollte ein komfortabler Reisebus samt Fahrer angemietet werden. Alles in allem eine schöne Tour, wie Paul fand. Manni war dies jedoch zu kostenaufwendig und zu umfangreich. Schon aus zeitlichen Gründen wollte er die Museumsinsel streichen und statt des Reisebusses hätte er lieber

seinen Sprinter genommen. Er besaß einen Personen-
beförderungsschein, und so würden kaum Kosten
anfallen. Außerdem fand er kleinere Gruppen sympathischer. Paul fürchtete aber, dass die Agentur auf
der Museumsinsel bestehen würde.

Sie hatten sich schließlich darauf geeinigt, Pauls
Tourvorschlag der Agentur anzubieten. Sollte er
abgelehnt werden, dann konnten sie immer noch
Mannis Vorschlag in Eigenregie realisieren.

Die Tür zum Besprechungsraum ging auf, und eine
Gruppe von plaudernden und gestikulierenden
Männern trat heraus. Allesamt waren sie in Anzug
und Krawatte gekleidet. Die Düfte unterschiedlichster
Wässerchen und Parfums füllten mit einem Mal den
Raum.

Hans-Gerd Struwe, der Chef der Agentur, stand
in der Tür und winkte Paul herein.

Der Besprechungsraum war abgedunkelt. Aus
einer Vorrichtung in der Decke war eine Leinwand
heruntergelassen worden. Ein Beamer projizierte den
Desktop eines Computers darauf. Jetzt erst sah Paul
die junge Frau, die vor einem Laptop saß.

»Herr Werner, ich darf Ihnen Frau Tayfur vorstellen. Sie ist Social-Media-Expertin.« Zu Frau Tayfur
gewandt: »Herr Werner ist einer unserer Gästeführer.«

Struwe stieg ohne Umschweife ins Thema ein, sobald Paul Platz genommen hatte.

»Herr Werner, Sie wissen ja selbst am besten, dass wir es bei den Nutzern unserer Angebotspalette bislang vornehmlich mit den sogenannten Best Agern zu tun haben. Wenn wir also in Zukunft rapide Einbrüche vermeiden wollen, und wenn wir vor allem langfristig und nachhaltig auf ein positives Image unserer Stadt abzielen wollen, dann kommen wir nicht drumherum, unsere Zielgruppenansprache erheblich weiter zu fassen als bisher. Im Klartext: Es muss uns gelingen, unser Publikum deutlich zu verjüngen. Um das zu erreichen, gehen wir dorthin, wo die Jugend sich bereits befindet. Nämlich zu Facebook.«

»So ist es.« Frau Tayfur griff den Faden mit Genugtuung auf. Auf der Leinwand erschien eine Webseite, die mit »Guided Tours« überschrieben war.

»Sie sehen hier unsere Facebookseite. Mit dieser Seite selbst haben Sie nichts zu tun. Alles, was Sie tun müssen, ist, sich einen privaten Facebook-Account zuzulegen und bei Gelegenheit ein wenig aus Ihrem aufregenden Berufsleben zu posten. Wie Sie sich auf eine Gruppe freuen, oder wie Sie sich mit einem belegten Brötchen stärken. Emotionale, menschliche Alltagsdinge. Junge Leute wollen nicht belehrt werden.«

Struwe mischte sich ein: »Wir werden Ihren Beitrag dann auf unserer Agenturseite teilen. Die Ankündigung der Tourentermine übernehmen wir selbst. Sie posten lediglich ihre privaten Dinge. Das gilt übrigens für alle Gästeführer.«

»Okay.« Paul konnte sich zwar nicht wirklich einen großen Nutzen darunter vorstellen, wenn es aber gewünscht war, war er bereit, sich darauf einzulassen.

Frau Tayfur fuhr fort: »Im Rahmen einer Corporate Identity sind auch alle Mitarbeiter angehalten, einen gemeinsamen Hashtag zu benutzen. Unser Hashtag lautet: #wiegeilistdasdenn.«

Struwe strahlte übers ganze Gesicht. Er lehnte sich lässig zurück und lockerte seine suizidal gebundene Krawatte ein wenig. Man sah ihm an, dass er sich in diesem Moment für unschlagbar hielt. Für geradezu tollkühn. »Damit sind wir ganz nah an der Zielgruppe!« triumphierte er.

Paul stellte sich vor, wie er vor der Innenhafenführung ein Foto von seinem Mettbrötchen postete und es mit #wiegeilistdasdenn zierte.

»Gut.« Hans-Gerd Struwe rieb sich die Hände. »Dann legen wir uns also alle möglichst schnell einen Facebookaccount zu. Ich glaube das war's dann schon?«

Frau Tayfur nickte.

»OK. Aber, Herr Werner, Sie hatten noch etwas auf dem Herzen?«

»Ich? Nein, nein. Alles in Ordnung.«

Paul griff nach seiner Mappe und verabschiedete sich mit Handschlag. Er hatte jetzt Appetit auf ein Mettbrötchen.

3

Basstrommel und Becken trieben Ravels Bolero unerbittlich dem Höhepunkt entgegen, und die Glissandi der Posaunen, die sich, einer wütenden Elefantenherde gleich, in den Rhythmus wälzten, machten ein für alle Mal klar, dass es nun kein Zurück mehr gab.

Manni hatte den CD-Player auf volle Lautstärke gestellt. Während er den Sockel für die neue Skulptur in Sichtweite der Terrasse, direkt neben dem dichten Bambus, in der Erde verankerte, lauschte er der hypnotisierenden Komposition, die er schon lange nicht mehr gehört hatte.

Bei seiner Thyssen Rodin-Recherche war er auf einen Reisebericht von Maurice Ravel gestoßen, der ihn verblüfft hatte. Er hatte die Zitate in seinen Notizblock eingetragen, und dann war ihm eingefallen, dass er diese CD besaß. Jetzt war sie der ideale Soundtrack, um seiner neuen Skulptur ihren verdienten Platz zuzuweisen.

Er ging ins Atelier, stemmte das Kunstwerk auf seinen Buckel und trug es tief gebeugt zum Sockel. Es war nicht schwer, nur etwas sperrig und ungünstig zu greifen.

Der Bolero war beendet, und es lief jetzt Ravels Klavierkonzert G-Dur.

Einfach nur wunderschön, dachte Manni, und meinte beides, die Musik und ganz unbescheiden auch seine neue Skulptur.

Er trat zurück und prüfte den Standort mit kritischen Blicken. Er war überaus zufrieden. Sogar ein wenig stolz. Die neue Plastik bereicherte den Garten. Eine abstrakte Figur, die mit ihrem Schwung und ihrer Dynamik den Griff nach den Sternen symbolisierte.

Manni setzte sich an den Terrassentisch, fuhr das Notebook herunter und trank einen Schluck von dem Tee. Es störte ihn nicht, dass der längst kalt war. Er blätterte in seinem Notizblock zu der Seite, auf der er den Bericht von Maurice Ravel notiert hatte.

Vom Thyssen Archiv hatte er noch keine Antwort erhalten, deshalb hatte er auf seine Frage nach dem achten Rodin einfach mal verschiedene Suchbegriffe ausprobiert und war auf diese Zeilen gestoßen.

Der Multimillionär und Herausgeber der Pariser Tageszeitung »Le Matin«, Alfred Edwards, hatte Maurice Ravel zu einer Flussreise auf seiner Luxusjacht eingeladen. Von Amsterdam aus fuhren sie den Rhein flussaufwärts Richtung Mainz.

„Nach einer ermüdenden Tagereise auf einem sehr breiten Fluß zwischen trostlos flachen Ufern ohne Charak-

ter entdeckt man plötzlich eine Stadt von Schloten, von Domen, die Flammen und rotbraune oder blaue Raketen speien. Es ist Hamborn, eine gigantische Gießerei, in der Tag und Nacht 24000 Arbeiter tätig sind. Da es bis Ruhrort zu weit ist, machen wir hier Zwischenstation. Um so besser, denn sonst würden wir dieses wunderbare Schauspiel nicht gesehen haben.

Bei einbrechender Nacht sind wir bis an die Fabriken herangegangen. Wie soll ich Ihnen den Eindruck dieser Schlösser aus flüssigem Metall, dieser weißglühenden Kathedralen, der wunderbaren Symphonie von Transmissionen, Pfeiftönen und furchtbaren Hammerschlägen schildern, der einen rings umgibt! Überall ein roter, düsterer und brennender Himmel. Darüber hat sich ein Gewitter entladen. Wir sind schrecklich durchnäßt heimgekehrt, in unterschiedlicher Verfassung. Ida wollte vor Schreck weinen, ich wollte es auch, aber vor Freude: Wie musikalisch dies alles ist! Ich habe die feste Absicht, es zu verwenden."

4

Es war ein zu Herzen gehender Film gewesen. Die jungen französischen Filmemacher hatten es einfach raus, selbst absurd desaströsen Zuständen eine menschliche und optimistische Note abzugewinnen.

Noch ganz unter dem Eindruck des Films, suchten Sabrina und Paul nach einem Platz im reichlich gefüllten Bistro des Programmkinos. Da es im Inneren keinen freien Tisch mehr gab, schlug Paul vor, sich draußen hinzusetzen. Es war zwar abends noch ein wenig frisch, aber heute wenigstens windstill und trocken. Vereinzelte Pärchen verteilten sich über die ansonsten leere nächtliche Biergartenanlage.

»Schön, dass wir mal wieder etwas gemeinsam unternommen haben. Das tun wir in letzter Zeit viel zu selten«, sagte Sabrina, nachdem sie Platz genommen hatten. Sie zog die Speisen- und Getränkekarte aus dem Tischständer.

»Das stimmt!« bestätigte Paul. »Wieso machen wir das eigentlich nicht öfter?«

»Ja, warum wohl?« Sabrina blätterte unentschlossen in der Karte.

Paul verzichtete auf eine Antwort, fragte sich jedoch, ob Sabrina irgendeine Laus über die Leber gelaufen sein könnte. Ihm fiel aber kein Grund ein.

»Wenn du es wirklich ernst meinst, dann könntest du ja nächste Woche mit mir zum Bankenball gehen. Ich habe Karten bekommen.«

Ach, das war es also! Paul fühlte sich ertappt. Sabrina wusste genau, dass er derartige Veranstaltungen auf den Tod nicht ausstehen konnte. Dabei war es nicht einmal der Ball als solcher. Hier wurde meist Entertainment auf höchstem Niveau geboten. Aber das Umfeld setzte ihm jedes Mal zu. Sehen und gesehen werden. Herrn und Frau Wichtig die Hände schütteln, Small Talk mit Fritzchen Schleimscheißer. Das alles war für ihn nur schwer zu ertragen. Und selbst wenn es ihm gelang die Rolle galant und angemessen mitzuspielen, so fühlte er sich doch hinterher immer mies und schmutzig, fast wie ein missbrauchter Strichjunge. In den letzten Jahren hatte er deshalb stets dafür gesorgt, dass seine Mutter an seiner statt Sabrina begleitete. Mutter gefiel so etwas.

Diesmal sah die Sache anders aus. Ihm war klar, dass er jetzt schlecht Nein sagen konnte.

»Okay, dann machen wir das. Das ist zwar überhaupt nicht meine Welt, aber du bist ja dann bei mir.« Er schmunzelte ironisch.

»Da bin ich aber erleichtert, dass wenigstens ich noch zu deiner Welt gehöre«, erwiderte Sabrina spitz.

»Gehörst du nicht.«

Sabrina sah Paul irritiert an und ignorierte den Kellner, der gerade die Bestellung aufnehmen wollte.

»Du *bist* meine Welt!«

Paul beugte sich über den Tisch und gab Sabrina einen innigen Kuss, den sie erst überrascht, dann lustvoll erwiderte.

Der Kellner zog das Windlicht zu sich herüber und zündete es an.

5

Das Licht des nächsten Morgens versprach einen schönen Tag. Paul hatte am Nachmittag eine Innenhafenführung und er wollte dazu erstmals etwas auf Facebook posten. Er hatte ein hübsches Foto gemacht, das das Landesarchiv am Ufer des Innenhafens unter einem klaren blauen Himmel zeigte. Auch die markante alte Hubbrücke war darauf gut zu erkennen.

Als er sein Arbeitszimmer betrat, erinnerte ihn ein Turm aus Umzugskisten daran, dass er immer noch nicht ordentlich eingerichtet war. Wenigstens der Computer war angeschlossen. Vor ein paar Tagen hatte er sich einen Account zugelegt und als er sich jetzt einloggte, musste er erst einmal zahlreiche Freundschaftsanfragen bestätigen. Es waren wohl Mitarbeiter und Mitarbeiterinnen der Agentur. Die Meisten kannte er, doch nicht alle.

Er hatte gerade das Foto hochgeladen und einen kleinen Hinweis auf die heutige Führung dazugeschrieben, da ploppte ein Chatfenster auf.

»Hallo, lieber Paul! So sieht man sich wieder :-)«

Wer war das? Die Mitarbeiterin kannte er nicht. Da fiel ihm plötzlich der Name auf. Elsa Gunnarsson! Die blonde Schwedin, die er an diesem nasskalten Märztag durch den Landschaftspark geführt hatte!

Auf dem Profilfoto sah sie noch hübscher aus, als er sie ohnehin in Erinnerung hatte.

»Hallo Elsa! Das ist ja verrückt! Wie geht es dir?«

»Bestens. Ich bin ein bisschen excited. Heute Abend habe ich Konzert in Stockholm.«

»Wow!« Paul war beeindruckt. Die TV-Journalistin war also außerdem noch Musikerin.

»Like doch bitte unsere Seite. Die Love Cats.« Sie schickte ihm einen Link.

Paul wurde das ganze ein wenig unheimlich. Er hatte hier keinen Messenger erwartet, und nun so einfach »gesehen« und angesprochen zu werden, erschreckte ihn.

Er versprach, so bald wie möglich zu liken und sich auch wieder zu melden. Nun müsse er aber an die Arbeit. Er verabschiedete sich hastig und loggte sich aus.

»Puh!« Paul holte tief Luft.

Nachdem er eine Weile mit leerem Blick auf die Umzugskisten gestarrt hatte, und versucht hatte, das eben erlebte zu verarbeiten, schellte das Telefon. Festnetz. Manni oder Mutter.

Es war Manni. Er hatte Antwort vom Thyssen Archiv erhalten und neue Erkenntnisse gewonnen. Die wollte er ihm gerne präsentieren. Paul versprach am späten Nachmittag, nach seiner Führung, bei ihm vorbeizuschauen.

»Ist etwas mit dir?«, fragte Manni.

»Nein, wieso? Alles in Ordnung.«

»Dann ist ja gut. Bis nachher.«

»Bis nachher.«

Paul musste zugeben, dass sein Leben seit dem Umzug irgendwie in Unordnung geraten war. Sogar Manni schien es aufgefallen zu sein. Er sollte wohl langsam mal wieder Ordnung hineinbringen.

Er ging zu den Kisten, klappte die Deckel der obersten auf und entnahm ihr eine Marionette. Sie stellte einen Räuberhauptmann dar. Sabrina hatte sie ihm zu seinem Dreißigsten geschenkt. Sie hatte damals gemeint, diese Mischung aus Hotzenplotz und Thomas Müntzer würde gut zu ihm passen.

Paul sah sich um, wo er sie aufhängen könnte. Dazu brauchte er aber erst einmal eine Idee, wie das zukünftige Zimmer aussehen sollte.

Er legte die Figur wieder zurück in den Karton.

6

Es war ein wenig später geworden, als Paul in Mannis Hof einbog, und es dämmerte bereits. Es wunderte ihn deshalb zunächst nicht weiter, dass die Beleuchtung schon eingeschaltet war. Doch als er dann aus dem Wagen stieg, sah er sich in dem Gefühl bestätigt, dass alles ein bisschen anders war. Feierlicher, festlicher, glanzvoller. Die Illumination, die Gartengestaltung, alles eben. Paul schloss daraus, dass es seinem Freund Manni wohl richtig gut gehen müsse, wenn er sich derart ins Zeug gelegt hatte.

Die Terrasse war leer, aber ihm fiel augenblicklich die neue Skulptur auf, die von hier aus gut sichtbar direkt neben dem Bambus den Beginn des Skulpturengartens markierte. Ein Strahler war auf sie gerichtet, und Paul hielt inne, um sie in Ruhe auf sich wirken zu lassen. Da war Manni etwas ganz Besonderes gelungen! Eine Plastik, die sofort alle Aufmerksamkeit auf sich zog. Sie strebte mit Eleganz dem Himmel entgegen und strahlte dabei eine unglaubliche Dynamik aus.

Mit einem Mal bemerkte er Manni neben sich.

»Toll! Die sieht richtig geil aus!« Paul war sichtlich angetan und Manni wusste, dass sein Freund niemals falsche Komplimente machte.

»Der Griff nach den Sternen. Mir gefällt sie auch. Sie trifft mein momentanes Gefühl ziemlich gut.«

Paul irritierte das beinahe sakrale Timbre, das plötzlich in Mannis Stimme lag. Noch mehr verwirrte ihn, dass Mannis Augen irgendwie unwirklich leuchteten.

»Also, irgendwas ist komisch mit dir. Hast du einen neuen Großkunden? Einen Mäzen? Einen Millionär?«

Manni schüttelte lächelnd den Kopf.

»Du bist doch nicht etwa einer Sekte beigetreten?«

»Hör auf!« Manni kicherte vergnügt. »Komm mit!« Er winkte Paul, ihm in sein Atelier zu folgen.

»Ich glaube, ich bin dem Rätsel des achten Rodin auf die Spur gekommen«, sagte Manni und stellte sich vor der großen Pinnwand auf, die die Rückwand fast bis zur Decke ausfüllte.

Normalerweise hatte er hier Skizzen angepinnt. Ideen für neue Skulpturen oder Gemälde. Manni war nämlich nicht nur ein anerkannter Bildhauer, sondern auch ein begnadeter Zeichner und Maler. Heute jedoch waren alle Entwürfe entfernt. Stattdessen hingen Ausdrucke von Fotos an der Wand, die weiße Plastiken zeigten. Wahrscheinlich die Rodins, wie Paul zurecht vermutete.

»Diese sechs Skulpturen sind aktuell im Besitz der Sammlung Thyssen-Bornemisza« Manni pinnte die sechs Ausdrucke näher zueinander.

Paul musste schmunzeln, da ihn die Szene an einen Tatort-Krimi erinnerte, wo der Kommissar an der Pinnwand seinen Kollegen vom Stand der Ermittlung berichtete.

»Von den Sechsen war diese eine hier Thyssens Lieblingsskulptur: Christus und Magdalena. Sie wurde nach seinem Tod auf seinen Wunsch hin am Kopfende seines Sarges aufgestellt.«

Paul trat näher an die Wand heran, um besser sehen zu können. Manni ordnete einen weiteren Ausdruck unterhalb der Sechsergruppe an.

»Diese siebte Skulptur, die Psyche, hat August Thyssen seinem Sohn Fritz geschenkt. Für dessen Villa in Mülheim-Speldorf. Das Original ist heute verschollen. Es gibt aber Repliken.«

Manni kam jetzt zum entscheidenden Punkt und wandte sich Paul direkt zu.

»Die sieben Skulpturen hatte August Thyssen von 1905 bis 1908 bei Rodin bestellt. Dazu hat er ihn oft besucht, in einem Vorort von Paris, wo Rodin wohnte. Thyssen bewunderte Rodin. Doch gelegentlich machte er auch Druck oder quengelte wie ein kleines Kind, wenn die Auslieferung Monate, oder manchmal sogar Jahre dauerte. Das konnte Rodin gar nicht

leiden. Jedenfalls hat der Maestro ziemlich merkwürdig reagiert, als Thyssen eine achte Skulptur von ihm
wollte. Eine Büste seiner selbst!«

Manni griff ins Regal und pinnte ein Schwarzweiß-
porträt eines alten Mannes neben die Skulpturenaus-
drucke.

Paul nahm an, dass es sich wohl um August
Thyssen handeln müsse. Der Gesichtsausdruck wirkte
verkniffen. Der Spitzbart erinnerte ein wenig an Lenin.

»Sämtliche Quellen, auch das Thyssen Archiv,
sprechen davon, dass es nie zur Realisierung dieses
Auftrags gekommen ist. Rodin habe geantwortet, dass
er zu sehr beschäftigt sei und dass so eine Büste viel
zu teuer werden würde.« Manni tippte sich an die
Stirn. »Zu teuer für einen der reichsten Männer der
Welt?«

Paul ahnte worauf Manni hinaus wollte und fand
es deshalb an der Zeit, ihn zu bremsen.

»Nun ja, vielleicht hatte er anfangs, als er noch
nicht so bekannt war, Freundschaftspreise gemacht.
Und jetzt, wo er weltberühmt war, verlangte er
plötzlich utopische Summen? Zu utopisch für eine
Freundschaft. Kann doch sein.«

Manni fuhr unbeirrt fort: »Was, wenn sich Tante
Hedwig nicht verzählt hat? Wenn der achte Rodin
wirklich existierte? Das Porträt August Thyssens?
Büsten und Porträts sind immer eine sehr sensible

71

Sache. Das weiß ich aus eigener Erfahrung. Schon das kleinste Detail kann die Eitelkeit eines Auftraggebers verletzen, wenn er sich nicht richtig getroffen fühlt. Das würde die plötzliche Missstimmung nach Ankunft der Skulptur erklären.«

Paul musste zugeben, dass das plausibel klang. Doch selbst, falls es stimmte. Falls es eine weitere verschollene Skulptur gab. Sie existierte ja nur in den Tagebüchern eines Schulmädchens. Worauf wollte Manni hinaus? Was wollte er erreichen? Als Bildhauer war er natürlich an solchen Geschichten interessiert. Aber es waren eben Geschichten. Nicht mehr und nicht weniger.

Manni schien Pauls Gedanken erraten zu haben.

»Wie wäre es mit einem Bier und ein bisschen was zu Knabbern? Ich habe eine Quiche gebacken. Die brauche ich nur noch mal kurz in den Ofen zu schieben.«

7

Die Quiche duftete herrlich. Manni streute vor dem Servieren noch frisches Basilikum darauf, das er vorher in grobe Streifen gerissen hatte. Er liebte es zu kochen, und er hatte damit auch nicht aufgehört, als seine Töchter längst aus dem Haus waren und seine Frau ihn verlassen hatte.

Paul war es bis heute ein Rätsel, warum Annegret eines Tages, Knall auf Fall, ihre Koffer gepackt hatte. Zumal die beiden immer noch dick befreundet waren und ein wohlvertrautes Paar abgaben. Wahrscheinlich, so dachte Paul, hingen Künstler allzu sehr ihren Tagträumen nach. Dann waren sie für andere nicht erreichbar. Und wenn die Zurückgewiesenen ihr Recht auf Aufmerksamkeit einforderten, musste diese Kritik wohl wie eine mutwillige Zerstörung der Inspiration aufgefasst werden. So jedenfalls konnte er es sich vorstellen. Wie auch immer, er fand es jedesmal schön, die beiden wieder zusammen zu sehen. Aber gleichzeitig sehr schade, dass sie kein Paar mehr waren.

»Ich habe ein wenig Käse und Knoblauch in den Mürbeteig gegeben. Macht sich nicht schlecht, oder?«

»Ist köstlich! Total lecker!« Paul wischte sich die Krümel vom Mund. »Aber, sag mal, falls Tante

Hedwig also recht hatte, und es hat die Thyssenbüste tatsächlich gegeben. Was dann?«

»Wenn es sie gab, ist die Wahrscheinlichkeit ziemlich hoch, dass sie heute noch existiert. Denn da niemand von ihrer Existenz wusste, hat auch niemand nach ihr gesucht.«

»Verstehe. Du willst jetzt also August Thyssens Büste finden?« Paul konnte sich einen ironischen Unterton nicht verkneifen: »Hast du Gerlings Kisten gründlich durchsucht?«

»Mensch, Paul! Die Entdeckung der Skulptur wäre eine weltweite Sensation. Nicht nur auf dem Kunstsektor!«

»Okay. Ich meine ja nur …«

»Und es würde auch Geld bedeuten. Viel Geld! Selbst wenn wir nur zehn Prozent Finderlohn bekämen, hätten wir ausgesorgt.«

Paul legte die Kuchengabel ab, schob den Teller von sich und sah Manni einfach nur fragend an.

»Nun ja, selbst Rodins Bronzekopien, von denen es einige gibt, bringen bei Sothebys um die zwölf Millionen Dollar. Die Thyssenbüste wäre aber ein Unikat. Und handgemeißelt. Denn August Thyssen hat nur Marmor bestellt. Und stell dir die Schlagzeilen über die Entdeckung vor. Das treibt den Preis dann nochmal in die Höhe.«

Paul schluckte. Er zog den Teller wieder zu sich und stocherte mit der Gabel unentschlossen im Rest seiner Quiche.

»Hast du Belege vom Thyssen Archiv bekommen?« Paul wollte jetzt wissen, wie fundiert Mannis Recherche bislang war.

»Also, ich habe natürlich nicht direkt nach einem achten Rodin gefragt. Sondern ganz allgemein um Informationen über Thyssens Beziehung zu Auguste Rodin gebeten.«

»Und?« Paul hatte den Eindruck, dass Manni herumdruckste.

»Sie haben mir einen Artikel geschickt, den die erste Thyssen-Archivarin aus den 1960er Jahren über August Thyssen und Auguste Rodin geschrieben hat. Sehr informativ.«

Manni schob seinen leeren Teller beiseite, öffnete sich ein weiteres Bier und fuhr fort.

»Den Artikel hat sie verfasst auf Grundlage der Korrespondenz der beiden. Wobei es im Wesentlichen wohl August Thyssens Briefe waren. Rodins Antwortbriefe gelten als verschollen, deshalb sind die Spuren auch nur fragmentarisch zu verfolgen.«

Paul lächelte mit einem Mal. »Also gut. Dann sollten wir uns doch ganz einfach mal selber ein Bild von dem Material machen! Wie du vorhin schon richtig sagtest: Wenn niemand von der Existenz weiß, sucht auch niemand danach. Vielleicht werden wir ja fündig.«

»Ganz meine Meinung!« Manni nickte und war sichtlich erfreut, dass Paul seine Skepsis anscheinend aufgegeben hatte. »Ich hatte gleich gewusst, dass dich das nicht gleichgültig lassen würde. Ich habe deshalb bereits gebucht. Paris. Nächstes Wochenende. Die Korrespondenz befindet sich nämlich im Rodin Museum. Wir werden den ersten Schritt zur Sensation unternehmen!«

»Oh! Nächstes Wochenende? Das ist ganz schlecht. Da kann ich nicht.« Paul rutschte plötzlich auffällig nervös auf seinem Stuhl herum.

»Hast du Führung? Kannst du die nicht tauschen mit jemandem?«

»Nein ich …« Paul war es peinlich, es gegenüber Manni auszusprechen, fasste sich dann aber ein Herz. »Ich bin auf dem Bankenball.«

Manni verzog ungläubig das Gesicht. »Bankenball?«

Er beobachte Paul kritisch, in der Hoffnung, er würde jetzt sagen, dass es nur ein Scherz sei. Paul senkte stattdessen aber nur den Blick.

»Na, schön. Musst du selber wissen. Im Grunde war ich eh davon ausgegangen, dass ich alleine fahre.« Manni war die Enttäuschung anzusehen.

Paul hatte plötzlich das Gefühl, dass sein Vorhaben, Ordnung in sein Leben zu bringen, in die völlig falsche Richtung lief.

8

»Hier wird dann eine Treppe sein, über die Sie auf die Bühne gelangen können.« Der Vertreter des Bankenverbandes zeigte auf eine dunkle Stelle am äußeren Rand der Bühne.

»Die Stufen werden dann beleuchtete Kanten haben. Sie brauchen sich also keine Sorgen machen, dass Sie in der Aufregung stolpern werden.« Der Mann von der Eventagentur versuchte, gute Laune zu verbreiten.

Sabrina sah sich in dem großen leeren Saal um. Wie viele Leute mochten hier wohl reinpassen? Sie war schlecht im Schätzen, aber ganz sicher waren es über Tausend.

Neben Show und Entertainment sollte in diesem Jahr beim Bankenball auch einmal die Würdigung bürgerschaftlichen Engagements auf dem Programm stehen. Deshalb hatte man Frau Beate Hanowski, die Vorsitzende des Flüchtlingshilfevereins, zu einem kurzen Interview eingeladen. Frau Hanowski war aber nur unter der Bedingung dazu bereit, dass Sabrina mit auf die Bühne käme. In ihrer Begleitung fühlte sie sich sicherer. Da Sabrina offensichtlich redegewandt war und wohl auch, weil sie optisch etwas hermachte, hatten die Veranstalter ganz und gar nichts dagegen.

Sabrina nahm sich einmal pro Woche Zeit, Flüchtlingsfamilien in juristischen Dingen ehrenamtlich zu beraten. Ganz gleich, ob es um Ärger mit zweifelhaften Handyverträgen ging, oder um Probleme mit der Verwaltung.

»Das Gespräch findet in einer bequemen Sitzecke statt. Sie werden sich fast wie zuhause auf dem Sofa fühlen.« Der Eventmanager lächelte den beiden Damen zu.

Frau Hanowski meldete Protest an. »Zu Hause auf dem Sofa ist gut! Hier vor so vielen Leuten! Ich krieg 'nen Herzkasper, wenn ich nur dran denke!«

Sabrina legte ihr lächelnd eine Hand auf die Schulter. »Wir schaffen das schon!« Insgeheim musste sie sich aber eingestehen, dass sie selbst ein wenig nervös war. Zwar war sie das Reden vor größeren Gruppen, wie etwa vor Gericht, gewöhnt. Das hier war jedoch etwas völlig Anderes. Die Vorstellung, dass der riesige Saal gefüllt sein würde und sie im Licht der Scheinwerfer auf der Bühne würde reden müssen, hatte etwas Furchteinflößendes. Das durfte sie sich aber gegenüber Frau Hanowski auf keinen Fall anmerken lassen.

»Genau, das schaffen Sie schon. Keine Sorge!« sagte der Eventmanager. »Sie werden sehen, unser Moderator wird ganz lieb sein und Sie unterstützen.«

»Ach ja, und danach gibt es dann auch eine besondere kleine Belohnung«, meldete sich der Mann vom Bankenverband. »Sie und Ihre Begleitungen sind selbstverständlich eingeladen, mit uns anschließend auf der Aftershow-Party zu feiern!«

»Alle Künstler haben bereits ihre Teilnahme zugesagt«, pflichtete der Eventmanager ihm bei. »Sie kommen doch in Begleitung?«

»Ja, mit meinem Lebensgefährten«, nickte Sabrina. Und beinahe so, als wollte sie es sich selbst bekräftigen, schickte sie noch ein energisches »Ja!« hinterher. Es hallte laut nach in dem großen, leeren Saal.

9

Der neue Schrank war schneller aufgebaut, als er gedacht hatte. Jetzt konnte er endlich seine geliebten Bücher einräumen. Paul griff sich eine Umzugskiste, die mit »Lesestoff« beschriftet war und öffnete sie. Zuoberst lagen ein paar Exemplare seines eigenen Buches.

»Gründerjahre - Die Entstehung einer Industriemetropole - von Paul Werner«. Er nahm sich eines der Bücher und blätterte willkürlich durch die Seiten. Meine Güte, was hatte er sich damals in die Arbeit gestürzt. Und was hatte er sich Hoffnungen gemacht. Wissenschaftliche Anerkennung, zumindest Beachtung hatte er sich erwartet. Doch nichts dergleichen war geschehen. Genauso gut hätte er über die Verbreitung der Niederrheinischen Runkelrübe schreiben können. Wahrscheinlich hätte er damit sogar mehr Aufmerksamkeit erreicht.

Paul musste an Mannis These vom achten Rodin denken. Je länger er darüber nachdachte, desto mehr begeisterte er sich für den Plan, der Sache auf den Grund zu gehen. Selbst wenn sich herausstellen sollte, dass es diese Rodinskulptur gar nicht gab, eine spannende Recherche wäre es allemal. Endlich mal wieder ein Abenteuer!

Stattdessen musste er Sabrina auf den Bankenball begleiten. Gut, er hatte es ihr versprochen, aber es war unsinnig. Ausgerechnet jetzt! Es gab später noch tausend Gelegenheiten, etwas zusammen zu unternehmen.

Das Geräusch eines Schlüssels, der die Haustür routiniert öffnete, riss ihn aus seinen Gedanken. Sabrina platzte bestens gelaunt herein. Paul hatte fast den Eindruck, dass sie hüpfte. Sie ließ die Einkaufstaschen, die sie in beiden Händen trug, fallen, stürzte auf Paul zu und umarmte und küsste ihn heftig.

»Was für ein schöner Tag! Ich war noch ein bisschen shoppen.« Sabrina sammelte die Einkaufstaschen wieder ein. »Und ich war erfolgreich!«

Paul schmunzelte. »Lass sehen!«

»Gleich. Ich hab dir auch etwas mitgebracht.«

Sie zog einen schwarzen Stoff aus einer der Einkaufstaschen und hielt ihn vor Pauls Brust. Paul erkannte, es war ein Rollkragenpullover.

»Die Farbe ist schön. Aber …«

»Was aber?«

»Es ist ein Rollkragenpullover.«

»Ja. Ist es.«

»Ich trag doch keine Rollkragenpullover.«

»Das weißt du doch überhaupt nicht. Probier ihn wenigstens mal an.«

Sie schob ihn kurzerhand ins Schlafzimmer vor den großen Spiegel und Paul zog sich des lieben Friedens Willen um. Er besah die Reflexion seiner traurigen Gestalt und fühlte sich nicht wohl. Der Rollkragen verstärkte das Würgegefühl, das ihn ohnehin schon den ganzen Tag plagte.

»Das steht dir gut. Sieht bestimmt todschick aus mit dem neuen Jackett.« Sie ging zum Kleiderschrank, um das Sakko zu holen, das sie letzte Woche für besondere Anlässe gekauft hatten.

»Lass gut sein, Sabrina. Ich trag das nicht.«

Sabrina stutzte kurz, dann lachte sie laut auf: »Du glaubst doch wohl nicht, dass ich dich mit deiner verschlissenen Lederjacke mitnehme! Nein, nein! Komm, zieh mal an. Du wirst sehen, es steht dir super!«

»Sabrina!« Paul sah sie eindringlich, fast flehend, an. »Lass uns demnächst mal wieder ins Theater gehen. Oder in die Oper. Dann zieh ich es an.«

Sabrina erstarrte. Schließlich erwiderte sie seinen Blick, und für einen Moment hatte sie das Gefühl, einen Fremden anzusehen. Sie nickte leise. »Verstehe.«

Paul fühlte sich elend, aber er konnte jetzt keinen Rückzieher machen.

»Sabrina …«

Sie wandte sich ab. »Du hast dich ganz schön verändert.«

»Wie bitte? Das meinst du jetzt nicht ernst, oder?«

Paul schluckte. Diese Bemerkung war absolut ungerecht. »Schau dich doch mal hier um! Was siehst du? Wer von uns beiden hat sich verändert?«

Sabrina lächelte bitter. »Alles OK. Ich wünsche dir viel Spaß.«

Paris, canaille

1

Paul war zwar bereits viel herumgekommen in seinem Leben, aus unerfindlichen Gründen aber noch nie in Paris gewesen. Ein bisschen erwartungsvoll aufgeregt war er deshalb schon.

Manni zelebrierte die Reise ein wenig, indem er französische Chansons über die Musikanlage seines Sprinters abspielte. Das passte gut in die nächtliche Stimmung. Denn als Zeitpunkt ihrer Abreise hatte er dreiundzwanzig Uhr gewählt. Er liebte es, durch die Nacht zu fahren. Die Autobahnen waren dann fast leer, und am frühen Morgen würden sie ihr Ziel auf ganz besondere Weise erleben. Das erwachende Paris.

In alter Tradition hatte Manni natürlich auch den typischen Reiseproviant dabei: gekochte Eier und Frikadellen. Da er allerdings ein bisschen viel davon zubereitet hatte, drängte er Paul, kaum dass sie Venlo passiert hatten, doch wenigstens einmal von den Frikadellen zu kosten.

»Die sind im Rucksack. In die Hälfte habe ich ein wenig Fenchelsamen gegeben. Schmeckt ungewohnt, aber lecker!«

Paul ließ sich breitschlagen und griff nach dem Rucksack hinter sich. Als er ihn öffnete, lag zunächst ein riesiger, alter, roter, blecherner Wecker vor ihm.

»Ein Wecker? Wozu hast du einen Wecker dabei?«

»Wer Paris, die Stadt der Künstler und der Liebe besucht, der sollte nichts verschlafen!« Manni kicherte und trat übermütig aufs Gaspedal.

Paul nahm sich eine Frikadelle aus dem reichlich gefüllten Proviantbeutel, den er unter dem Wecker gefunden hatte. Als er den Rucksack wieder verschließen wollte, geriet ihm ständig eine sperrige längliche Pappschachtel in den Weg, die sich nur schlecht im Rucksack versenken ließ.

»Ich vermute mal, das ist der Champagner, für den Fall, dass wir tatsächlich irgendetwas herausfinden?«

Manni warf einen kurzen Blick auf den Rucksack. »Ach das. Nein, nein. Mach mal auf!«

Paul öffnete die Pappschachtel und zog eine wunderschöne kleine Skulptur heraus. Es war eine Miniaturausgabe des »Griffs nach den Sternen«. Selbst in dieser reduzierten Größe strahlte sie die faszinierende Eleganz und Dynamik aus, die er beim Original so bewundert hatte.

»Toll! Sogar in der Bonsai Edition noch ein Knaller!«

Manni kicherte: »Danke! Wer weiß, wen wir so alles treffen werden …«

Paul wusste jetzt, warum Manni drei Tage für den Ausflug angesetzt hatte.

Die Frikadelle schmeckte tatsächlich so, wie Manni es angekündigt hatte. Zunächst ungewohnt, doch dann sehr lecker. Während die Lichter der Autobahn und der Ortschaften an ihnen vorbei flirrten, sang Jacques Brel über den Hafen von Amsterdam. Paul war die Version von David Bowie wesentlich vertrauter, aber das Original des kleinen Belgiers hatte seinen ganz eigenen Charme.

In den 1990ern war er mit Sabrina mehrmals in Amsterdam gewesen. Sie hatten dort so manches verlängerte Wochenende verbracht. Er vermisste Sabrina. Es wäre schön, sie jetzt dabei zu haben. Ihr würde es sicherlich auch gefallen. Hatte er sie eigentlich gefragt, ob sie mitfahren wollte? Nein. Das hatte der Verlauf des Streits gar nicht zugelassen.

Er spürte einen leichten Schmerz in der Magengegend und ein unbekanntes, lauerndes Gefühl des Verlorenseins, oder was auch immer es war. Ärger? Scham? Trauer? Liebeskummer? Wohl ein bisschen von alledem.

Er versuchte, sich abzulenken, und lauschte dem Lied, das jetzt nach Jacques Brel folgte. Er verstand gerade noch genug französisch, um den Refrain entziffern zu können. Juliette Greco besang gefühlvoll das Leben unter dem Himmel von Paris. Es klang so kompromisslos beschwingt und glückselig. Es tat weh.

2

Sie hatten gerade die belgische Grenze passiert, als Manni verkündete, er brauche jetzt erst einmal einen Kaffee. Auch Paul kam eine Pause ganz recht. Sie beschlossen, in Lüttich abzufahren und ein nettes Lokal aufzusuchen, statt eine Raststätte anzusteuern.

Es war jedoch schon nach halb zwei in der Nacht und alle Lokale schienen bereits geschlossen zu haben. Es dauerte eine Weile, bis sie eine Kneipe direkt an der Maas fanden, aus der noch Licht drang.

Das Lokal, oder besser gesagt die Kaschemme, befand sich in einem heruntergekommenen Altbau und als sie die Tür öffneten, dröhnte ihnen laute afrikanische Musik entgegen. Sie fielen sofort auf, denn sie waren die einzigen Weißen, in einem ausschließlich von Schwarzafrikanern besuchten Lokal.

Manni und Paul schlängelten sich an einem ekstatisch tanzenden Pärchen vorbei und setzten sich an einen freien Tisch. Sie grinsten sich an und nickten sich bestätigend zu. Ihnen gefiel die Atmosphäre.

Als die Wirtin, eine etwas füllige, sympathisch aussehende junge Frau, sah, dass sie Platz genommen hatten, kam sie hinter der Theke hervor und nahm die Bestellung auf. Kaffee für Manni, Bier für Paul.

Manni sah sich die Preise in der Getränkekarte an und zahlte sofort, als sie bedient wurden. Das Bier kam in der Flasche und ohne Glas. Sie stießen an.

»Auf die Freundschaft und die Zukunft!«

Paul fand, dass das hier ein guter Einstieg in die Reise war. Er mochte afrikanische Musik. Dann entschuldigte er sich für einen Moment und verschwand auf der Toilette.

Paul öffnete die Messenger-App seines Smartphones und wählte Sabrina in der Kontaktliste aus. Er überlegte kurz, dann floss es aus ihm geradezu heraus. Er schrieb, dass es ihm leid tue, dass es soweit gekommen sei, dass er sie liebe und dass er wünschte, sie wäre jetzt hier bei ihm. Dass er zukünftig mehr auf ihre Interessen eingehen wolle und dass sie doch immer noch sein Leben sei.

Kurz bevor er auf »Absenden« tippen wollte, zögerte er. Schließlich löschte er den gesamten Text. Er wählte ein Küsschen-Smiley und schickte es ohne weiteren Kommentar los.

Als Paul zurück in den Kneipenraum kam, lief gerade eine anscheinend besonders beliebte afrikanische Disconummer. Jedenfalls tanzten jetzt mehrere Pärchen, darunter auch Manni mit der Wirtin. Paul setzte sich an den Tisch und sah ihnen zu. Woher der alte Kauz bloß seine Energie nahm?

Der Tanzhit war zu Ende und eine langsamere Nummer folgte. Die beiden blieben stehen, lachten und gestikulierten. Die Wirtin gab Manni irgendeinen kleinen Gegenstand. Er fiel ihr daraufhin um den Hals und küsste sie auf die Wange. Dazu musste er sich ordentlich recken. Zurück am Tisch strahlte er über das ganze Gesicht.

»Sie ist Seherin. Sie meint, ich bin ein geborener Glückspilz. Und das hier wird mich zu jedem Erfolg führen!« Er zeigte Paul den Gegenstand. »Eine Gazellenpfote!«

Paul sah irritiert auf die Pfote in Mannis Hand. Er hatte bisher nicht gewusst, dass Manni etwas für solchen Hokuspokus übrig hatte. Eine weibliche Stimme riss ihn aus seinen Gedanken. Die Wirtin stand an ihrem Tisch und sprach irgendetwas auf französisch. Manni lächelte sie breit an und nickte.

»Ich glaube, sie will sagen, dass das nicht umsonst ist. Es kostet etwas.« mischte sich Paul ein.

»Oh!« Manni zückte sein Portemonnaie und suchte nach passenden Münzen. Die Wirtin zeigte auf den Zehner, der bei den Scheinen herausragte. Manni sah Paul fragend an, dann gab er ihr den Schein.

»Für den Erfolg ist keine Investition zu schade.« Manni machte eine großzügige Handbewegung.

Paul hatte plötzlich eine unangenehme Ahnung. »Sag mal. Du sprichst kein Französisch?«

»Nein. Wieso? Hab' ich das behauptet?« Manni packte sein Portemonnaie wieder ein.

»Nein. Aber ich dachte ... weil du doch so oft in Paris bist.«

»Kunst braucht keine Worte.« Manni reagierte auf einmal wie ein trotziges Kind.

Keiner von ihnen beiden sprach also Französisch. Das konnte ja heiter werden!

3

Gegen halb sechs am Morgen erreichten sie Paris. Manni hatte nicht zu viel versprochen. Das noch nahezu menschenleere Paris mit seinen riesigen Straßen und Plätzen, die gerade zu erwachen begannen, hatte etwas Faszinierendes. »Paris s'éveille«. Von wem stammte das Chanson gleich wieder?

Paul sah zum ersten Mal in seinem Leben den Eiffelturm, den Champs Elysees, den Arc de Triomphe. Beeindruckend, wie großräumig hier alles angelegt war. Platzmangel schien Keines der Probleme dieser Stadt zu sein. Trotz der Fülle der historischen und kulturellen Wahrzeichen, die hier von Louvre bis Notre Dame allgegenwärtig waren, hinterließ diese Weitläufigkeit bei ihm aber auch ein Gefühl der Kälte.

Verglichen mit anderen europäischen Hauptstädten, die er kannte, erschien ihm hier alles etwas zu groß, beinahe aufmarschgerecht angelegt. In Rom, zum Beispiel, gab es ebenfalls wunderbare ausgedehnte Plätze und Straßenzüge. Doch sie waren immer eingebettet in Stadtviertel mit kuschelig engen Gassen, luftigen Boulevards und kleineren, jedoch nicht minder prachtvollen Plätzen, auf denen man sich gegen Abend einfand, um dem Nachbarn zu zeigen, dass man auch morgen wieder einen guten Tag wünschen werde.

Das war hier in Paris ganz offensichtlich ein wenig anders. Die Faszination, die von dieser Stadt ausging, musste also anderen Ursprungs sein. Paul war neugierig darauf, ihn kennenzulernen.

Manni schien seine Gedanken erraten zu haben. »Die ursprüngliche Pariser Altstadt wurde nach Mitte des 19. Jahrhunderts vollständig platt gemacht«, erklärte er. »Man wollte eben zu den modernsten Städten der Welt gehören. Allerdings spielten auch militärische Gründe eine Rolle. So konnte man aufständischen Bürgern besser mit Truppen begegnen. Mussolini hatte Ähnliches mit Rom vorgehabt. Dort stehen aber die zahlreichen historischen Gebäude zu dicht, sodass zum Glück nichts daraus wurde.«

Das kleine Hotel lag am Boulevard de Menilmontant, im 11. Arrondissement, ganz in der Nähe des Prominentenfriedhofs Père Lachaise. Der Hotelbesitzer, vermutlich ein Nordafrikaner, war ein freundlicher Herr mittleren Alters, der sehr gut englisch sprach. Paul und Manni brachten ihr Handgepäck in ihr Zweibettzimmer im 1. Stock. Das Zimmer war mit dem Nötigsten ausgestattet, wirkte aber stark heruntergekommen. Nicht nur die arg ramponierte rote Tapete, die aus einem längst vergangenen Jahrhundert zu stammen schien, ließ vermuten, dass dieses

Haus zu seinen besseren Zeiten wohl mal ein florierendes Stundenhotel gewesen sein musste.

Nachdem sie sich ein wenig frisch gemacht hatten, belegten sie einen der drei Cafétische auf dem Trottoir vor dem Hotel und planten bei Café au lait und Croissant ihr weiteres Vorgehen. Das Museum Rodin würden sie morgen aufsuchen. Heute waren sie zu müde. Ihnen fehlte der Schlaf dieser Nacht. Wenn sie sich jedoch jetzt hinlegten, bestand die Gefahr, dass sie völlig aus dem Rhythmus gerieten. Also mussten sie sich noch ein paar Stunden wach halten.

Manni schien das nichts auszumachen. Anscheinend sorgte sein geliebtes Paris für einen Adrenalinschub nach dem anderen. Paul hingegen hatte Mühe die Augen aufzuhalten. Er hatte den Zustand erreicht, in dem mangelnder Schlaf alles ein wenig unwirklich erscheinen lässt. Das bunte Leben auf dem Boulevard vor ihm nahm er wie in einem Film wahr. Er hoffte, dass dies nur ein vorübergehende Phase sein und er nach dem zweiten Kaffee wieder zu sich finden würde.

Manni schlug vor, sich den Friedhof Père Lachaise anzuschauen, der ja nur ein paar Schritte entfernt lag.

»Alles, von mir aus. Aber erst noch in Ruhe einen Kaffee!« Paul wirkte etwas brummelig.

Manni zog ein verknittertes Päckchen Tabak aus der Brusttasche seiner Jeansjacke und drehte sich schmunzelnd eine Zigarette.

4

»Yves Montand und Simone Signoret«

»Edith Piaf und Maria Callas«

Paul und Manni standen vor dem großen Schild am Eingang von Père Lachaise und lasen sich gegenseitig staunend die Namen von Prominenten vor, die hier ihre letzte Ruhestätte gefunden hatten.

»Molière und Honore Daumier und Max Ernst«

»Balzac und Marcel Proust und Oscar Wilde«

»Sarah Bernard und Isadora Duncan«

»Rossini, Bizet und Max Ophüls«

»Chopin und Jim Morrison. Wahnsinn!« Paul war verblüfft. »Wieso sind die alle hier?«

»Keine Ahnung. Vielleicht sind die Würmer hier gnädiger«, kicherte Manni.

Sie wandten sich vom Schild ab und folgten dem Weg, der sie an hohen alten Grabsteinen und Grüften vorbei eine leichte Anhöhe hinaufführte.

Manni fiel auf, dass Paul ziemlich abwesend und schweigsam war. Es war wohl der fehlende Schlaf. Manni war es gewohnt hin und wieder eine Nacht durchzumachen. Wenn er zum Beispiel eine Skulptur oder ein Gemälde unbedingt zu Ende bringen wollte, dann verlor er jedes Gefühl für Zeit und tauchte völlig in seine Arbeit ein. Paul aber wirkte nun etwas angeschlagen und Manni beschloss, ihn munter zu halten.

»Apropos Prominente«, sagte Manni, »Für seinen Bürokram hatte Rodin immer einen eigenen Sekretär. Von 1905 bis 1906, also zu der Zeit, als August Thyssen seine ersten Skulpturen bestellte, war sein Sekretär ein bekannter Deutscher.«

»Aha? Wer denn?«

»Rainer Maria Rilke.«

»Oh, wirklich? Deutschlands bedeutendster Lyriker!«

»Genau! Der mit dem Panther hinter Gittern. Im Herbst 1905 bekam Rilke den Job. Er hatte ja beste Referenzen. Denn drei Jahre zuvor hatte er eine Monografie über Auguste Rodin verfasst.«

»Mal sehen, ob ich den Panther noch zusammenkriege ... Sein Blick ist vom Vorübergehn der Stäbe - so müd geworden, dass er nichts mehr hält - Ihm ist, als ob es tausend Stäbe gäbe - und hinter tausend Stäben keine Welt. ... Na! Wenigstens die erste Strophe bring ich noch hin.«

Paul lachte endlich wieder und Manni freute sich, dass sein Muntermachprogramm von Erfolg gekrönt war. Sie schlenderten gelassen, aber ziellos durch die Friedhofsanlage. Die Steigung nahm merklich zu. Der Baumbestand wurde immer dichter und die Anordnung der nicht enden wollenden, verwitterten Gräber und Grüfte ließ in den Hügeln kaum noch eine Ordnung erkennen.

»Die Zusammenarbeit war allerdings im Mai 1906 schon wieder beendet. Nach gerade mal acht Monaten«, fuhr Manni mit seinem Bericht fort. »Wie ich später herausfand, hatte Rilke einen Fehler begangen, der in Rodins Augen nicht wieder gut zu machen war.«

»Was hat er getan?«

»Rilke war ständig in Geldnöten. Er nutzte die Kontakte zu Rodins reichen Auftraggebern und Sponsoren, um für seine eigene Kunst zu werben.«

»Hm.« Paul dachte nach. »Was man ihm eigentlich nicht verübeln kann.«

»Für Rodin bedeutete das Verrat. Na ja, vielleicht war es aber auch nur ein Vorwand, denn er war ein lebenslustiger Draufgänger und ein sinnesfreudiger Mensch. Mit dem resignativen Weichei Rilke konnte er nicht so recht etwas anfangen.«

Paul blieb auf einmal abrupt stehen. »Das gibt's doch nicht!«

Hatte er richtig gesehen? Auf dem Hügel vor ihm, inmitten der Gräber? Die rote Jacke, der blonde Haarschnitt, der Gang. Das war eindeutig Sabrina! Was machte sie denn hier? Sie war hinter einem Grabstein verschwunden.

Paul ging hastig ein paar Schritte zwischen den Grüften hügelaufwärts. Da war sie wieder! Er wollte gerade ihren Namen rufen, als sie sich zu ihm umdrehte. Paul erschrak. Es war nicht Sabrina. Es war eine alte Frau mit einem tief zerfurchten, traurigen Gesicht.

Am nächsten Morgen, als Paul sein Frühstück auf dem Trottoir vor dem Hotel einnahm, herrschte bereits reichlich Leben auf dem Boulevard de Menilmontant. Müllmänner wuchteten überquellende Abfalltonnen an den Straßenrand, Studenten hasteten auf ihren Fahrrädern zu ihren Seminaren und auf dem breiten Mittelstreifen des Boulevards bauten Arbeiter eine Reihe von Marktständen auf.

Paul hatte sich leise aus dem Zimmer geschlichen und Manni schlafen lassen. Ihm war danach, erst einmal für sich zu sein. Er fühlte sich zwar fit und ausgeruht, denn er hatte endlich tief und fest geschlafen. Fast wie ein Stein. Doch die verschwommene Erinnerung an die gestrigen Geschehnisse saß ihm noch beunruhigend in den Knochen. Es war ihm peinlich, dass er geglaubt hatte, Sabrina gesehen zu haben. Er konnte sich das nur mit seiner völligen Übermüdung erklären. Allerdings hielt ihm dieser Vorfall auch vor Augen, dass die Beziehung zwischen ihm und Sabrina momentan eine gefährliche Phase durchmachte. Umso mehr wünschte er sich, etwas von ihr zu hören. Sie hatte aber immer noch nicht auf seinen Smiley geantwortet.

Paul war gestern Abend drauf und dran gewesen, sie einfach anzurufen. Zum Glück hatte er es dann doch nicht getan. In seinem Zustand wäre das Gespräch wohl katastrophal verlaufen. So beließ er es bei einem weiteren Smiley.

»Guten Morgen, der Herr! Ihr Frühstücksservice!« Manni setzte sich neben ihn an den Tisch und kramte den Proviantbeutel aus seinem Rucksack. »Gekochte Eier? Oder lieber Frikadellen? Sind aber nur noch zwei da.«

Paul winkte ab.

Manni schlug ein Ei an die Tischkante und pellte es, während der Hotelbesitzer ihm einen Kaffee brachte.

»Kannst ruhig ein freundlicheres Gesicht machen. Heute ist unser großer Tag.« Manni legte eine Hand auf Pauls Schulter und lächelte ihn aufmunternd an.

Paul sah auf und nickte stumm. Dann gab er sich einen Ruck. »Alles okay!«

6

Nichts war okay. Seit einer gefühlten Stunde kurvten sie schon im Kreis durch die überfüllte Pariser Innenstadt. Es gab kein Navi im Sprinter. Am meisten aber ärgerte sich Paul darüber, dass er gerade eben so nebenbei erfahren hatte, dass Manni keinen Termin mit den Archivaren des Rodin Museums vereinbart hatte. Er hatte ihr Kommen nicht einmal angekündigt.

Nach einer weiteren Viertelstunde erreichten sie endlich das Rodin Museum und fanden sogar auf Anhieb einen Parkplatz. Vor dem Museum gab es eine Menschenschlange, die nur sehr langsam vorankam.

Nachdem sie sich eingereiht hatten, erkannten sie auch den Grund. Es gab akribische Sicherheitskontrollen, wie Paul sie bisher nur vom Check-in bei Flugreisen kannte. Schließlich kamen sie zum Kontrollpunkt und leerten den Inhalt ihrer Jacken- und Hosentaschen in eine bereitgestellte Plastikschale. Manni erntete ringsum erstaunte und neugierige Blicke für seine Gazellenpfote.

Nachdem sie die Kontrollen hinter sich gebracht und ihre Hosengürtel wieder umgeschnallt hatten, sah Paul sich erst einmal um. Sie befanden sich im parkähnlichen Garten des Museums. Hier waren die berühmtesten Objekte Rodins aufgestellt. »Der Denker«, »Die Bürger von Calais« und »Das Höllentor«. Im Hintergrund leuchtete zwischen den Baumwipfeln die goldene Kuppel des Invalidendoms grell in der Sonne. Das Museum selbst war in einem prachtvollen klassizistischen Gebäude untergebracht.

»Dieses Hotel war Anfang des letzten Jahrhunderts vor allem bei Künstlern beliebt«, erklärte Manni. »Jean Cocteau, Henri Matisse und auch Rainer Maria Rilke wohnten hier. Rilke ist es zu verdanken, dass Rodin auf das Haus aufmerksam wurde und es schließlich komplett mietete, um ein Atelier und einen Wohnsitz in Paris zu besitzen.«

»Schön. Aber wie kommen wir jetzt an die Korrespondenz?«

»Wir müssen jemanden Offizielles finden. Am besten wir gehen erst einmal ins Haus.«

7

Der prächtige äußere Eindruck setzte sich im Inneren des Gebäudes fort. Viel Stuck und Butzenscheiben. Die Räume wirkten gar nicht wie Ausstellungsräume. Eher wie Salons und Wohnzimmer. Schon die bloße Anzahl der Skulpturen war überwältigend. Rodin muss ein wahres Arbeitstier gewesen sein. Aber auch von Camille Claudel, Rodins ehemaliger Geliebten, waren hier einige Objekte ausgestellt.

Manni und Paul hatten sich unauffällig unter die Besucher gemischt und gehofft, dass es irgendwo einen Hinweis auf die Büroräume des Museums geben würde. Den gab es aber nicht.

Der Zufall kam ihnen zuhilfe, als sich im Treppenflur der ersten Etage plötzlich eine unscheinbare Tür öffnete, die ihnen zuvor nicht aufgefallen war. Eine Frau um die Vierzig trat heraus. Ihr gleichgültiger Blick und ihr Business-Outfit ließen ahnen, dass sie zum Organisationsteam des Museums gehörte. Sie zog ein Handy hervor und trat an das große Fenster mit Blick auf den Garten.

Paul wollte sofort zu ihr gehen, doch Manni hielt ihn zurück.

»Lass sie erst einmal telefonieren.«

Paul musste ihm recht geben. Er war etwas ungeduldig.

»Außerdem«, fuhr Manni fort, »ist es wohl besser, wenn ich das allein mache.«

Paul sah ihn überrascht an.

»Nun ja.« Manni suchte nach den richtigen Worten. »Du wirst sicherlich nicht bestreiten, wenn ich sage, dass du momentan nicht unbedingt das beste Karma hast ...«

»Karma?«

»Ich kenne mich mit Museumsleuten aus. Ich weiß, wo ich sie packen muss!«

»Karma?«

»Ja, Karma. Oder meinetwegen auch Ausstrahlung. Schau dich doch mal an! Du bist hier in der schönsten Stadt, im schönsten Museum und du ziehst ein Gesicht. Ich bin dir ja nicht böse, aber ich mach das jetzt lieber allein. Unten im Park ist ein Café mit Biergarten. Warte dort auf mich. Ich hol dich dann, wenn wir ins Archiv dürfen.«

Paul war so perplex, dass er Mannis Anweisung widerspruchslos folgte und langsam die breite Treppe zum Ausgang hinunter ging. Er stand schon draußen an der Tür, als er Manni laut nach der Madame rufen hörte.

8

Am Rande des Parks, an einem Weg mit hohem alten Baumbestand, waren Cafétische aufgereiht. Heute war hier kaum Betrieb, und Paul hatte keine Mühe, einen freien Tisch zu finden. Er war immer noch ziemlich geschockt von Mannis Verhalten. Karma! Schon wieder so ein Begriff aus der Hokuspokuswelt!

Und doch musste er Manni recht geben. Paul machte gerade eine negative Phase durch. Er musste unbedingt den Miesepeter ablegen. Er durfte nicht wegen seiner Laune das ganze Unternehmen gefährden.

Bemüht an irgendetwas anderes zu denken, rührte er in seinem Kaffee. Meine Güte, wie viel Kaffee er hier trank! Das musste an dieser Stadt liegen. Er hatte mal irgendwo gelesen, dass der große französische Schriftsteller Honoré de Balzac an übermäßigem Kaffeegenuss gestorben war. Das kam ihm jetzt gar nicht mehr so abwegig vor. Er warf einen Blick auf sein Smartphone. Immer noch keine Reaktion von Sabrina.

Bevor er darüber ins Grübeln kommen konnte, sah er Manni kommen. Er war nicht allein. Ein elegant gekleideter Herr mit grauen Haaren begleitete ihn. Manni schien gute Nachrichten zu haben. Er strahlte jedenfalls übers ganze Gesicht.

»Paul! Alles wird gut!« rief er schon von Weitem.

Am Tisch angekommen stellte er Paul Herrn Marchand vor.

»Die wollten mich doch glatt wieder nach Hause schicken. Nur, weil ich keinen Termin hatte. Ohne Herrn Marchand wären wir aufgeschmissen gewesen.«

»Ich hole uns mal einen Kaffee.« sagte Herr Marchand. Er kannte sich hier aus und wusste, dass es keine Bedienung am Tisch gab.

Manni bedankte sich und flüsterte Paul zu: »Er spricht sehr gut deutsch. Er ist Kunsthändler.«

»Heißt das, wir können jetzt ins Archiv?« Paul konnte seine Ungeduld nicht verbergen. Er wollte mit der Rodin-Recherche endlich weiterkommen.

»Das ist gar nicht mehr nötig«, antwortete Manni fröhlich.

Jetzt erst fiel Paul das Buch auf, das Manni unter dem Arm geklemmt hatte. Manni reichte es ihm nicht ohne Stolz.

»Die komplette Korrespondenz zwischen August Thyssen und Auguste Rodin. Beziehungsweise dessen Sekretariat.«

Paul nahm verdutzt das Buch entgegen. Es war ein großer, reich bebilderter Katalog mit dem Titel »Rodin - Les marbres de la collection Thyssen«.

»Herr Marchand hat so lange auf sie eingeredet, bis sie im Lager vom Besuchershop suchen gegangen sind und das letzte Exemplar aufgetrieben haben. Die Korrespondenz ist im Anhang.«

Paul blätterte zum Anhang. Tatsächlich fand er hier die Briefe. Exakt dokumentiert, mit Datum und Absenderadresse. Aber alles auf französisch. Dann fiel ihm ein, dass August Thyssen angeblich sehr gut französisch gesprochen hatte. Manni schien seine Gedanken erraten zu haben.

»Ist doch genial! Dadurch, dass wir die Korrespondenz jetzt komplett mit nach Hause nehmen, können wir auch alles in Ruhe übersetzen!«

Herr Marchand war mit zwei Café au lait an den Tisch balanciert und setzte sie nun behutsam ab. Er nahm neben Manni Platz.

»Wenn ich Ihnen raten darf«, äußerte er sich höflich, »dann sollten Sie unbedingt einmal das Rodin Museum in Meudon aufsuchen. Vorausgesetzt, Sie interessieren sich für den wahren Rodin. Das Museum Paris zeigt den Rodin, den die Welt liebt. Doch in Meudon finden Sie seine Heimat, den Quell seiner Inspiration und seines Schaffens. Seine Seele.«

»Wir fahren morgen wieder nach Hause«, sagte Paul, »aber danke für den Tipp. Vielleicht ein anderes Mal.«

»Wie weit ist es dahin?« fragte Manni

»Nur ein paar Kilometer von hier«, antwortete Herr Marchand. »Früher war es ein Dorf außerhalb von Paris. Sagt Ihnen der Zauberer von Meudon etwas?«

Manni sah ihn fragend an. Herr Marchand winkte ab und fuhr schnell fort.

»Nein, natürlich nicht. Eine alte Geschichte. Egal. Heute gehört Meudon zum Ballungsraum Paris. Man merkt kaum mehr, dass man Paris verlassen hat. Das war früher anders. Ihr Herr Thyssen hat ihn dort oft besucht. Den alten Bahnhof gibt es immer noch. Und die Hügel.«

»Sie haben sich mit August Thyssen beschäftigt?« fragte Paul erstaunt.

»Nun ja. Nur mit dem Sammler und Freund Rodins«, erwiderte Herr Marchand.

»Waren sie denn wirklich befreundet? Ein Künstler und ein Industrieller. Eigentlich passt das doch gar nicht …«

»Ein bisschen schon. Wenn Sie so wollen, dann war August Thyssen ja auch so etwas, wie ein Künstler seiner Zeit.«

»Wie meinen Sie? Inwiefern?«

»Nun ja. Er hat gewaltige Dinge geschaffen, die die Menschheit nie zuvor gesehen hatte.«

»Das stimmt!« mischte sich Manni ein. »Ich habe einen Reisebericht von Maurice Ravel gelesen. Er war in Hamborn und völlig hin und weg. Es hat ihn künstlerisch inspiriert!«

»Ganz richtig.« Herr Marchand lächelte freundlich. »Sehen Sie, ein heutiger Künstler, wie Christo zum Beispiel, setzt genau auf diesen Effekt. Wenn er den Reichstag verhüllt, dann schafft er eine neue Sicht auf die Dinge. Er zeigt den Menschen Gewaltiges, das sie nie zuvor gesehen haben.«

»Genau!« Manni kam in Fahrt. »Und die Stahl- und Eisenwerke waren damals in dieser Dimension nicht nur etwas Neues. Sie waren auch multimedial. Gerüche, Geräusche, Feuer und Dampf. Das hat die Leute umgehauen!«

Paul dachte nach und nippte an seinem Kaffee. Er musste zugeben, dass da etwas dran war. So hatte er es bisher noch nie gesehen.

»Okay«, sagte er schließlich. »Soviel ich weiß, wollte Thyssen aber mehr von dieser Freundschaft. Allerdings wurde er immer wieder zurückgewiesen.«

»Rodin war kein einfacher Mensch«, nickte Herr Marchand.

»August Thyssen ganz sicher auch nicht.«

Paul schmunzelte. Dieser deutsch-französische Dialog gefiel ihm.

9

Sie hatten noch eine Weile philosophiert, über die Unzulänglichkeiten des Menschen im Allgemeinen und die Schrullen der Thyssens und Rodins im Besonderen. Dann bemerkten sie, dass es schon ziemlich spät geworden war und brachen auf.

Manni hatte Herrn Marchand gebeten, sie noch kurz zum Sprinter zu begleiten, da er ihm etwas zeigen wollte. Dort angekommen öffnete er seinen Rucksack und entnahm ihm die neue Skulptur. Herr Marchand war sichtlich angetan und schmeichelte Manni mit überschwänglichem Lob. Auf Mannis Frage, wohin er sich damit wenden könne, reagierte er jedoch zunächst ein wenig ratlos. Dann kam ihm eine Idee und er notierte eine Adresse auf einer seiner Visitenkarten.

»Das Atelier Paris. Hier kommen Sie bestimmt ins Geschäft!« Er reichte Manni die Visitenkarte, und sie verabschiedeten sich herzlich voneinander.

»Sympathischer Typ«, meinte Paul, als sie im Wagen saßen.

»Jau!« sagte Manni knapp und Paul fand, dass er dabei unverschämt glücklich aussah.

Und - zugegeben - er hatte auch allen Grund dazu. Er hatte nun Aussicht auf einen Geschäftskontakt für seine Skulpturen. Und vor allem: Sie besaßen nun die komplette Thyssen-Rodin-Korrespondenz.

Deswegen waren sie ja hier. Eigentlich sollten sie jetzt ordentlich abfeiern!

10

»Wenigstens richtig anstoßen sollten wir darauf«, fand auch Manni. Er hatte eine Flasche Pernod an der Hotelbar geordert, und mixte ihn nun draußen an ihrem Cafétisch mit Cola. Paul bevorzugte Wasser zum Anisschnaps.

»Auf die Freundschaft und die Zukunft!«

Sie kippten ihre Drinks in einem Zug hinunter, dann widmete sich Manni dem Metroplan, den er im Hotel gefunden hatte. Er wollte sich den Pariser Innenstadtverkehr nicht noch einmal antun. »Sag mal, du hast doch sicher einen Stadtplan auf deinem Handy, oder?«

Paul öffnete die Karten-App seines Smartphones und reichte es Manni. »Bevor wir dann morgen die Metro nehmen, sollten wir erst noch das Hotel geräumt haben«, gab er zu bedenken.

»Ja klar«, murmelte Manni. Er fuhr mit dem Zeige-finger auf dem Plan herum. Dann tippte er auf eine Stelle, die Paul nicht einsehen konnte. »Wir brauchen nicht einmal umzusteigen. Es ist in der Nähe der Pigalle-Station. Zwei Straßen weiter. Atelier Paris.«

»Pigalle?« Paul runzelte die Stirn. »Ist das nicht das Rotlichtviertel?«

»Ach«, winkte Manni ab, »in Paris ist doch alles Rotlichtviertel. Oder jedenfalls irgendwann mal gewesen.«

Er goss sich von dem Pernod nach, da meldete sich plötzlich Pauls Smartphone mit einer kurzen Melodie. Sabrinas Foto erschien auf dem Bildschirm und darüber ein kurzer Text.

»Sabrina?« Pauls Miene hellte sich auf. Er spürte plötzlich, wie ein riesiger Ballast von ihm abfiel. »Na, gib schon her!« lachte er. Endlich meldete sie sich!

Manni griff nach dem Handy und für einen Moment sah es so aus, als ob er es einstecken wollte. Doch dann reichte er es Paul.

Es waren nur drei Wörter. Doch die hatten es in sich. Paul kannte Sabrina gut genug, um zu wissen, was sie bedeuteten. Er spürte, wie ihm das Blut in den Kopf schoss. Ihm wurde schwindelig. Er wünschte, er hätte sich verlesen. Hatte er aber nicht. Drei Wörter und ein Fragezeichen. Doch es war keine Frage. Es war ein Urteil:

»Was soll das?«

11

Immer wieder hatte Paul es minutenlang klingeln lassen. Sabrina schien jedoch fest entschlossen, den Anruf nicht annehmen zu wollen, und schließlich gab Paul auf. Diesmal trank er den Pernod pur. Einen Doppelten. Dann noch einen. Manni brummelte irgendetwas von der Zwecklosigkeit, Frauen verstehen zu wollen, doch so recht konnte Paul nicht mehr folgen. Der Alkohol tat seine Wirkung.

Manni sah ab und zu mitleidig zu Paul auf, während er ansonsten bemüht war, sich bei seiner Tätigkeit nicht stören zu lassen. Mit ausgestrecktem Zeigefinger blätterte er in der Korrespondenz des Rodin-Katalogs und suchte in den französischen Texten nach dem Wort, das ihm der Hotelbesitzer übersetzt hatte. Huitième, der Achte.

Paul war Mannis Fingerbewegung eine Weile aufmerksam gefolgt, bis er merkte, dass es ihn nur schwindelig machte. Er war abgefüllt! Trotzdem wollte sich die erhoffte Bettschwere nicht so recht einstellen, als sie dann später auf dem Zimmer waren.

Seine Gedanken kreisten um Sabrina. Einmal, als er fast eingeschlafen war, sah er Sabrina auf dem Bankenball verzweifelt nach ihm suchen und seinen Namen rufen. Schon war er wieder hellwach. Das Ticken des Weckers ging ihm auf die Nerven. Paul ärgerte sich über Manni. Idiotisch so ein überflüssiges Ding mitzunehmen. Dafür hatte man heute Handys. Und er hatte ihn nicht einmal ausgepackt.

Paul musste an etwas anderes denken. Nicht an das Ticken und nicht an Sabrina. Auf dem Frisiertischchen stand die Flasche mit einem Rest Pernod. Er stand auf und nahm sie mit ins Bett. Er leerte die Flasche in einem Zug, breitete die Arme aus und verfolgte in Gedanken, wie der Anisschnaps mit einem leichten Brennen seinen Weg in den Magen nahm.

Plötzlich glitt ihm, schlaf- und alkoholtrunken wie er war, die Flasche aus der Hand, krachte mit lautem Poltern auf den Boden und rollte noch lärmend bis unter Mannis Bett.

Paul sah hinüber zu Manni. Der schlief tief und fest. Bald darauf fand auch Paul endlich einen gnädigen Schlaf.

12

Am nächsten Tag war Manni schon früh auf. Als er Paul weckte, hatte er ihre Sachen bereits im Sprinter verstaut. Manni hatte es anscheinend eilig. Sie gaben ihre Schlüssel ab, tranken einen Kaffee im Stehen und brachen auf zur Metrostation. Es war ungewöhnlich warm an diesem Morgen. Für einen Maitag schon beinahe sommerlich. Ihnen entging jedoch nicht die schwarze Wolkendecke am Horizont, die langsam in ihre Richtung zog.

Die berühmte Metro hatte sich Paul ein wenig anders vorgestellt. Sie kam ihm ziemlich schmudde-lig vor. Hieß es doch immer, Paris sei die Stadt des Parfums und sonstiger Wohlgerüche - hier unten roch es in allen Ecken entweder nach Urin oder nach billigen Desinfektionsmitteln. Davon abgesehen wurde die Untergrundbahn aber ihrem Ruf als geni-ales Transportmittel durchaus gerecht. Ruckzuck war man an beinahe jedem beliebigen Punkt der Stadt.

Als sie an der Station Pigalle ins Freie traten, wurden sie von einem heftigen Regenguss überrascht. Da sich die Station auf dem Mittelstreifen befand, mussten sie erst im strömenden Regen an einer Ampel anstehen, um zur Straßenseite zu gelangen.

Paul sah sich in seiner Rotlichtvermutung bestätigt. Tabledance-Bars und ein Zeitungskiosk, der auf die üblichen Tageszeitungen verzichtete und stattdessen unterschiedlichste Pornomagazine präsentierte.

Es dauerte eine Weile, bis es grün wurde, und sie waren bereits bis auf die Haut durchnässt, als es ihnen endlich gelang, unter die Markise eines Restaurants zu flüchten. Da sie davon ausgehen konnten, dass der Regenschauer nicht von Dauer sein würde, zögerten sie, sich an einen der Tische zu setzen. Manni griff sich trotzdem eine Speisekarte und warf einen Blick hinein.

»Stolze Preise«, knurrte er, während ihm der Regen von der Nase tropfte.

Urplötzlich war hinter ihm ein Kellner in schwarz glänzender Livree aufgetaucht. Er entriss Manni die Speisekarte, wischte hastig die Tropfen ab und sah Manni dabei strafend an. Paul hielt es für angebracht, die Situation ein wenig zu entschärfen, deshalb bestellte er sich einen Milchkaffee. Als der Kellner darauf Manni fragend ansah, schüttelte der nur grimmig den Kopf. »Wäre ja noch schöner! Der Regen hört sowieso gleich auf.«

Tatsächlich riss die Wolkendecke zunehmend auf und der Regen prasselte nicht mehr gar so lärmend auf die Markise. Paul nahm an einem Tisch Platz, während Manni sich umsah.

»An der nächsten Ecke rechts. Das müsste die richtige Straße sein.«

Manni stellte den Rucksack neben Pauls Stuhl ab und entnahm ihm die Schachtel mit seiner Skulptur.

»Es regnet kaum noch und nass bin ich ja sowieso schon. Ich mache mich mal auf den Weg. Trink in Ruhe deinen Kaffee. Bin gleich wieder da.«

»Nun warte doch mal!« Paul fühlte sich überrumpelt. Auf keinen Fall wollte er wieder, wie bereits gestern im Rodin-Museum, außen vor bleiben.

Der Kellner kam mit dem Kaffee und grinste zufrieden, als er sah, daß Manni sich eiligen Schrittes davon machte. Paul drückte ihm einen Fünf-Euro-Schein in die Hand, schob ihn dann forsch beiseite und spurtete Manni hinterher.

»Bleib stehen, du Arsch!« rief Paul erbost. »Entweder wir machen das hier gemeinsam, oder gar nicht!«

Manni blieb stehen und wandte sich zu Paul um.

»Na, siehst du«, schmunzelte er. »Geht doch!«

13

Sie bogen in die Seitenstraße ein. Paul hatte den Eindruck, dass Manni reichlich angespannt war. Die Art, wie er ruckartig den Kopf bewegte und dabei zackig voran ging, das kannte er bisher nicht von ihm.

»Parkplätze scheinen hier kein Problem zu sein. Das ist schon mal gut!« Manni nickte zufrieden.

Paul sah ihn verwundert an und lächelte irritiert. »Wir sind aber zu Fuß und per U-Bahn.«

»Grundsätzlich, meine ich. Kann ja sein, dass sich etwas mit dem Atelier ergibt. Wenn man erfährt, dass wir den Rodin aufgestöbert haben, wird man sich fragen, wer denn dieser Bildhauer ist. Dann kommt es sicher gut, dass ich eine Adresse in Paris habe. Mal sehen, ob die in diesem Atelier Paris klug genug sind, mitzuspielen.«

Paul kam aus dem Staunen nicht mehr heraus. Er lernte hier Facetten an Manni kennen, die ihn überraschten. Dass er in seiner Arbeit völlig aufgehen konnte, Essen und Schlafen dabei vergaß, das kannte er von ihm. Aber dass er jemals so etwas wie kaufmännischen Ehrgeiz entwickeln würde, hätte er ihm nicht zugetraut.

Sie waren bereits ein gutes Stück der schnurgeraden Straße gefolgt, als sie in einiger Entfernung das

Reklameschild des Ateliers erkannten. Manni, der die Skulpturenschachtel bisher mit einer Hand locker schlenkernd mit sich getragen hatte, ergriff sie nun mit beiden Händen und hielt sie wie eine Standarte vor seinen Oberkörper, während er seine Schritte verlangsamte.

Paul musste zugeben, der Anblick hatte durchaus etwas Würdevolles. Vorsichtshalber ließ er sich lieber ein paar Schritte zurückfallen, um der kleinen Inszenierung nicht im Wege zu stehen.

Am Atelier angekommen blieb Manni plötzlich wie erstarrt vor dem Schaufenster stehen. Seine Augen waren weit aufgerissen, als erblickte er gerade etwas Entsetzliches. Paul erkannte sofort, was der Grund für diesen Schockmoment war.

Die Auslage des Schaufensters wimmelte von Eiffeltürmen im Miniaturformat. Die Sorte, wie sie in der ganzen Stadt von fliegenden Händlern an Touristen verkauft wurden. Mal aus Gusseisen, meist aus Plastik. Blinkend in den kitschigsten Farben. Das »Atelier Paris« war ein chinesischer Kramladen.

Mannis Blick wechselte von einem Ausdruck des Entsetzens in eine erbarmungswürdige grenzenlose Leere. Er ließ die Schachtel sinken und wandte sich vom Schaufenster ab. Paul ging auf ihn zu und legte einen Arm um ihn. Er ahnte, dass er ihn jetzt kaum trösten konnte.

»War wohl ein Missverständnis«, flüsterte er. Er wusste jedoch nicht, ob Manni ihn überhaupt verstanden hatte, denn eine Kolonne aus Polizei- und Feuerwehrwagen fuhr gerade mit Blaulicht und ohrenbetäubendem Sirenenlärm an ihnen vorüber. Er wartete, bis der Konvoi sich etwas entfernt hatte, und versuchte es dann lauter:

»Bloß nicht von so einem Blödsinn unterkriegen lassen!«

Etwas Besseres war ihm gerade nicht eingefallen. Manni blickte ihm kurz traurig in die Augen, dann sah er der Blaulichtkolonne hinterher, die am Horizont um die Ecke bog.

»Keine Angst«, zischte er grimmig. »Dazu bin ich nicht der Typ.«

Paul nickte. Manni reichte ihm die Skulpturenschachtel.

»Kannst du wieder einpacken. Brauche ich heute nicht mehr.«

Paul nahm die Schachtel entgegen und sah ihn irritiert an. Manni bemerkte seine Verwirrung. Dann sah er mit Schrecken den Grund.

14

Der Bereich rund ums Restaurant, in dem sie vorhin noch Zuflucht vor dem Schauer gefunden hatten, war weiträumig abgesperrt. Sogar die U-Bahn Station war geschlossen. Polizisten in Helmen und Schutzwesten dirigierten die Autos in die Umgehungsstraßen um und hinderten Einwohner und Neugierige daran, die Absperrungen zu umgehen.

Paul und Manni hatten sich bis zu einer Gruppe nahe der Barriere vorgearbeitet. Es schien sich hauptsächlich um Anwohner zu handeln, wie Paul vermutete, denn soweit er es mitbekam, brachten sie allesamt Gründe vor, warum sie durchzulassen seien. Der Polizist blieb jedoch hartnäckig, wenngleich er ruhig und freundlich antwortete.

Auch wenn Paul ihn nicht verstand. Er wusste ohnehin, was er sagte. Dass sie alle wieder passieren dürften, sobald die kontrollierte Sprengung vorüber sei. Ein herrenloser tickender Rucksack lässt keine andere Wahl.

»Die sind doch wahnsinnig!« Manni war außer sich. »Sie sprengen unsere Korrespondenz in die Luft! Es war das letzte Exemplar!«

»Zu spät«, seufzte Paul

»Die spinnen doch! Ich klär das jetzt auf!«

Manni drängte Richtung Absperrung, doch Paul hielt ihn zurück.

»Bleib vernünftig, Manni! Schau dich um! Willst du das hier alles bezahlen? Was glaubst du, was das kostet?«

In einiger Entfernung sahen sie den livrierten Kellner. Er wurde gerade von einem Kamerateam interviewt und fuchtelte aufgeregt mit den Händen.

»Ich glaube, wir gehen besser in die andere Richtung. Zur nächsten U-Bahnstation.« Paul löste sich aus der Menschenansammlung, und Manni folgte ihm schweigend.

»Was ist eigentlich alles drin im Rucksack?« fragte Paul, als sie das Getümmel hinter sich gelassen hatten. Er wunderte sich über sich selbst. Wie besonnen er plötzlich reagierte!

»Na, die Korrespondenz eben!« Manni war immer noch entsetzt. »Ein paar Eier … eine Tüte mit Schmutzwäsche.« Er senkte seine Stimme. »Und der Wecker.«

»Scheiß Wecker!« fluchte Paul. »Und deine Gazellenpfote?«

Manni griff in seine Hosentasche und zeigte sie ihm.

»Wenigstens etwas!«

Hinter ihnen gab es plötzlich einen lauten Knall. Sie gingen unbeirrt weiter und drehten sich nicht um.

So sahen sie auch nicht die große Rauchwolke, die sich hinter ihnen langsam Richtung Himmel erhob.

15

Die Wiesen verströmten nach dem Regen einen angenehm betörenden Duft. Manni saß in der offenen Schiebetür seines Sprinters und starrte gedankenverloren auf das Treiben unten im Tal.

Obwohl der Eiffelturm am Horizont noch gut sichtbar war, konnte man hier, auf den Hügeln von Meudon, die Großstadthektik ein wenig vergessen. Das war sicherlich auch der Grund, weshalb Auguste Rodin 1895 die Villa samt großem Grundstück gekauft und seinen Wohnsitz und sein Atelier hierhin verlegt hatte.

Hier hatte August Thyssen ihn oft besucht. Es wird berichtet, dass er bei seinen Besuchen stets respektvoll im Eingangsbereich des Ateliers stehen blieb, um den Meister nicht bei der Arbeit zu stören. Erst, wenn Rodin aufsah und ihn begrüßte, trat er auf ihn zu.

Manni hätte nur zu gern einen Blick in diese historischen Hallen geworfen, doch es passte in die Kette ihrer Pariser Niederlagen, dass das Museum heute geschlossen war. Komisches Museum, das nur an Wochenenden geöffnet hat, dachte er.

Paul hatte sich mit der Begründung, er wolle ein wenig frische Luft schnappen, verabschiedet, und Manni vermutete, er würde wahrscheinlich versuchen, Sabrina endlich telefonisch zu erreichen. Es tat ihm weh, hilflos mit ansehen zu müssen, wie sich bei seinem Freund der Schicksalsschlag anbahnte, der doch eigentlich undenkbar schien.

Seit er Paul kannte, waren er und Sabrina ein Paar. Ein Paar, das optisch und charakterlich so wunderbar zusammenpasste. Ein Paar, das so selbstverständlich zusammengehörte, dass ihre Freunde meistens beide Namen aussprachen, sogar wenn sie nur einen von ihnen meinten. Paul und Sabrina.

Und nun das. Ausgerechnet jetzt! Doch Manni wusste aus eigener Erfahrung, dass es den richtigen Moment für eine Trennung ohnehin nicht gab. Wie schockiert war er damals gewesen, als Annegret ihn verlassen hatte. Dabei hatte er selbst die Fortführung eines gemeinsamen Zusammenlebens mehr und mehr in Frage gestellt. Trotzdem hatte es ihn dann wie ein Blitzschlag getroffen, als Annegret die Konsequenzen zog.

Manni sog nachdenklich an seinem Zigarettenstummel. Er wollte sich gerade nach Paul umschauen, als er ihn hinter dem Wagen herankommen hörte. Paul setzte sich schweigend neben Manni und ließ sein Handy in die Innentasche seiner Jacke gleiten. Sein Blick war in die Ferne gerichtet und Manni wusste, dass es nun besser war, ihn erst einmal in Ruhe zu lassen.

Sie hatten so wohl etwa drei Minuten stumm nebeneinander gesessen, als Paul sich räusperte.

»Wir haben ein Treffen ausgemacht. Nächsten Samstag.«

Manni sah zu ihm auf. »Hm!«

»Ich habe gesagt, dass wir hier noch ein paar Tage bleiben.«

»Wie?« Manni versuchte, seinen Protest vorsichtig zu formulieren. »Das geht aber nicht!«

Paul wandte sich zu Manni und sah ihm jetzt direkt in die Augen. »Schon klar. Krieg' ich ein paar Tage Asyl bei dir?«

Manni nickte. Dann stand er auf. »Logo!« Er öffnete die Fahrertür.

»Dann komm! Nichts wie weg hier!«

Alltag und Magie

1

Das Wasser versickerte rasch in der lockeren torfhaltigen Erde, die sofort einen würzigen Geruch verströmte. Sabrina verteilte eine weitere, bis oben hin gefüllte Gießkanne gleichmäßig auf die Kübel. Sie hatte Blumen gepflanzt. Paul wollte zwar frische Kräuter, wie er es bei Manni gesehen hatte, aber Sabrina hatte die Kräuterabteilung im Blumengroßmarkt einfach ignoriert. An der Kasse hatte sie dann doch noch einen Rosmarinstrauch mitgenommen, der recht hübsch aussah und außerdem im Angebot war.

Sie nahm ein wenig erschöpft im Gartenstuhl Platz und betrachtete zufrieden ihr Werk. Die untergehende Sonne tauchte das Ganze in eine fast surrealistische Stimmung. Von hier aus hatte man einen wunderbaren Blick auf den Rhein, und wie um die Szene perfekt zu machen, fuhr gerade ein Ausflugsschiff vorbei.

Der Ausblick war ein wesentlicher Grund gewesen, die Wohnung zu kaufen. Nach vorne ging ein kleiner Balkon zur Deichstraße und zum Rhein, und hinten raus gab es einen großen lauschigen Balkon mit Blick auf den weitläufigen parkähnlichen Innenhof.

Sabrina seufzte schwer. Eigentlich sollte sie jetzt glücklich sein. Sie ging in die Küche und entkorkte eine Flasche Wein. Normalerweise trank sie nie Alkohol, wenn sie alleine war.

Sie setzte sich wieder auf den Balkon, nippte an ihrem Glas und versuchte, an etwas Schönes zu denken. Doch schon wurde sie gestört. Das Festnetztelefon klingelte. Da Manni mit Paul in Paris war, konnte es nur Pauls Mutter sein. Sabrina hatte aber jetzt keine Lust auf ein Gespräch mit ihr, und so ließ sie es klingeln.

War sie zu empfindlich gewesen? Hatte sie vielleicht Unmögliches von Paul verlangt? Schon wieder ging das Telefon. Sie ignorierte es ein wenig genervt. Natürlich hatte sie nichts Unmögliches verlangt. Sie hatte ja nicht einmal verlangt. Sie hatte gewünscht. Doch Paul schienen ihre Wünsche egal zu sein. Er hatte sich verändert. So war er früher nicht gewesen. Sie hatten sich früher auch nie gestritten. Jedenfalls nicht so, wie jetzt.

Diesmal klingelte ihr Handy. Wie vermutet, war es Pauls Mutter. Sabrina gab ihren Widerstand auf.

»Ich wollte mich nur mal melden.« Pauls Mutter klang beleidigt. »Man hört ja nichts von euch.«

»Das ist lieb von dir, Mutter.« Es kam ihr auf einmal komisch vor, sie Mutter zu nennen. Ihre eigenen Eltern lebten in Hamburg. Irgendwann hatte sie einmal scherzhaft Mutter zu ihr gesagt und schließlich war es ganz normal geworden, sie so anzusprechen.

»Habt ihr euch schön eingelebt in die neue Wohnung?«

»Ja. Es ist wunderschön hier. Und viel geräumiger als vorher.«

»Opas Bett hat hoffentlich den Umzug gut überstanden? Paul hängt doch so daran.«

»Wir haben es als Gästebett im Keller deponiert. Für alle Fälle.« Paul hing keineswegs daran. Wenn Paul etwas am neuen Luxus liebte, dann war es das neue, große und kuschelige Bett.

»Ach so? Na, ihr werdet wissen, was ihr tut. Aber, sag mal, ist jetzt nicht bald wieder der Bankenball?«

»Doch. Ich meine, nein. Der war schon. Letztes Wochenende.«

»Aha.« Es klang kurz angebunden und unterkühlt.

»Ja. Wir wollten es dir eigentlich sagen, aber es war so kurzfristig. Paul ist diesmal mitgegangen.«

»Paul? Oh, wie schön. Na, dann! Das hätte ich ja niemals für möglich gehalten. Aber, da sieht man mal wieder, was du für einen guten Einfluss auf ihn hast.«

»Ja, Mutter.« Sabrina lachte. »Paul kann auch mal ganz förmlich sein. Wenn er nur will. Man braucht bei ihm nur etwas Geduld.«

Ihr Blick fiel auf zwei Terrakottaschalen, die sie noch nicht bepflanzt hatte. Sie hob sie vom Boden auf und stellte sie prüfend auf die Balkonbrüstung. Sie passten gut.

»Gib mir Paul doch bitte mal.«

»Ah … das geht nicht. Er hat Führung.«

»So spät noch?«

»Ja. Abendführung. Tiger und Turtle. Diese Achterbahn, weißt du? Die ist abends doch immer so schön beleuchtet.«

»Ach so. Na, dann grüß' ihn mal ganz lieb. Und meldet euch mal wieder!«

Sabrina legte das Handy beiseite, nachdem sie sich verabschiedet hatten. Dann schob sie die Terrakottaschalen ein wenig auseinander. Sie machten sich optimal auf der Brüstung. Morgen würde sie Thymian und Salbei einkaufen.

2

"Sie lebten beide in einer grandiosen Unbedingtheit und Selbstherrlichkeit, die sie in den Bereich menschlicher Einsamkeit verwies. Beide Männer haben unter dieser Einsamkeit gelitten, ohne sie durchbrechen zu können."

Manni ließ den Textmarker über die Zeilen gleiten, die diese fatale Gemeinsamkeit Thyssens und Rodins so nüchtern auf den Punkt brachten. Sie entstammten der Kopie des Artikels, der ihm vom ThyssenKrupp-Archiv zugesandt worden war. Manni hoffte, mithilfe des Textes Stichwörter zu finden, die ihm helfen würden, im Internet Auszüge ihrer verloren gegangenen Korrespondenz ausfindig zu machen. Doch bisher waren alle Sucheingaben vergeblich geblieben.

»Frühstückst du nicht?« Paul war inzwischen auch aufgestanden und noch etwas schläfrig auf die Terrasse getreten.

»Heute reicht mir Kaffee.« Manni schob den Laptop ein Stück zur Seite, um Paul Platz zu machen. »Falls du frühstücken möchtest - du weißt ja, wo alles ist.«

»Ich hol' mir auch einen Kaffee. Das war schön heute Morgen. Bin vom Krähen eines Hahnes geweckt worden. Ewig nicht gehört. Bekommt man bei uns drüben ja eher selten zu hören.« Er verschwand in der Küche.

»Na logisch. Ihr habt ja auch kein Vieh drüben«, rief Manni ihm hinterher.

Paul kam mit seinem Becher Kaffee und setzte sich an den Tisch. »Doch, schon. Aber man hört es nicht. Die Tiefkühltruhen sind ziemlich schalldicht.« Paul grinste dreckig.

»Dir scheint es ja wieder gut zu gehen.«

»Na ja. Ich habe nachgedacht. Ich glaube inzwischen, die Krise mit Sabrina hat auch etwas Gutes. Unsere Liebe war eine Jugendliebe, die nicht enden wollte. Doch wir sind erwachsen geworden. Der Alltag hatte uns ganz schön im Griff. Es kann vielleicht gar nicht schaden, wenn der mal aufgebrochen wird. Jedenfalls habe ich endlich mal wieder gut geschlafen. Dieses Hotelbett in Paris … Und mal ehrlich, überhaupt war die ganze Parisaktion eine Schwachsinnsidee.«

Manni sah ihn etwas abschätzig von der Seite an. »Nicht ganz. Wir wissen jetzt zumindest, dass es das Buch mit der Korrespondenz gibt. Ich gucke gerade, ob es irgendwo im Internet angeboten wird.«

Paul warf einen Blick auf Mannis Notebook. »Marbres. Das heißt Marmor. Marbres. Nicht marples. Les marbres de la collection Thyssen.«

Manni verzog das Gesicht. Langsam ging ihm Pauls Besserwisserei auf die Nerven. Aber er korrigierte brav die Sucheingabe und prompt erschien der gesuchte Katalog ganz oben. Der Link führte zur Seite eines französischen Onlineshops. Es gab dort noch zwei gebrauchte Exemplare. Manni jauchzte entzückt und rieb sich die Hände.

»Wir haben ihn!«

»Bestell' ihn mal. Ist sicherlich interessant.« Paul lächelte und schlürfte seinen heißen Kaffee.

»Interessant?« Manni unterdrückte einen Aufschrei der Empörung. »Wir haben damit den Schlüssel zur Schatzkammer in der Hand. Und du findest es interessant?« Manni fiel es schwer, sich zu beruhigen. »Ich hatte schon in Paris den Eindruck, dass es dir ziemlich egal war, dass uns alles in die Luft gesprengt wurde.«

Paul stellte seinen Kaffee ab und ließ seinen Blick über Mannis blühenden Garten schweifen. »Wann war das, als du in Paris warst und die Skulpturen aus der Thyssen-Sammlung gesehen hast?«

»Weiß nicht.« Manni war immer noch erregt. »Paar Jahre her.«

»Ja. Paar Jahre her. Genauer gesagt: Jahreswechsel 1996/1997. Ich hatte im Impressum nachgesehen. Seit 1997 ist also der Katalog auf dem Markt. Und mit ihm die Korrespondenz. Verkauft und verteilt an Kunstinteressierte und Rodinfans. Wenn da also irgendetwas Auffälliges zu finden gewesen wäre, wäre es doch längst entdeckt worden, meinst du nicht?«

Manni wurde bleich. Paul hatte schon wieder recht.

»Verdammt!«

Warum eigentlich gehörte er nie zu denen, die einmal das große Los zogen? Es war zum Verzweifeln. Nicht, dass er unzufrieden mit seinem Leben gewesen wäre. Doch so ein Volltreffer – das wäre so etwas wie die Krönung seines Lebenswerkes.

Und Manni hatte das sichere Gefühl, dass er endlich an der Reihe war. Es durfte nicht alles vergebens sein. Er griff prüfend in seine Hosentasche. Die Gazellenpfote war noch da.

3

August Thyssen muss ein merkwürdiger Typ gewesen sein. Er ging durch die Werke und kontrollierte persönlich, ob die Metallabfälle, die zum Beispiel an der Drehbank entstanden, auch wiederverwertet wurden. In einigen Berichten hieß es sogar, er habe Briefmarken, die nicht gestempelt waren, von den Briefen abgelöst und wiederverwendet.

Paul saß vor Mannis Notebook und stellte fest, dass er recht wenig über die Privatperson August Thyssen wusste. Er hatte sich eigentlich immer nur mit dem Stahlbaron und den Auswirkungen seines Imperiums auf die Entwicklung der Stadt beschäftigt. Er sollte sich in der Buchhandlung mal Material dazu besorgen. Heute hatte er noch frei. Ab morgen standen wieder Führungen an. Vielleicht hatte Manni ja Lust mitzukommen.

Paul hatte das Gefühl, dass er sich um ihn kümmern müsse. Die Aussichtslosigkeit, den Rodin zu finden, hatte ihn völlig desillusioniert und heruntergezogen. Er war jetzt irgendwo im Skulpturengarten verschwunden. Angeblich legte er einen Platz für die abendlichen Treffen nach den zukünftigen Führungen an, aber Paul hatte eher den Eindruck, dass er sich ganz einfach zurückziehen wollte. Es sei ihm gegönnt, dachte er.

Sein Blick schweifte über das Notebook und erst jetzt registrierte er, dass es sich um ein völlig veraltetes Modell handelte. Nun gut. Erstaunlich genug, dass sich Manni überhaupt irgendwann so etwas angeschafft hatte. Denn der digitalen Welt stand er eher skeptisch gegenüber.

Paul war da wesentlich offener. Vor einiger Zeit hatte er sogar einmal versucht, eine Programmiersprache zu erlernen. Er hatte sich gedacht: Wenn ich nicht will, dass der Computer mich beherrscht, muss ich lernen ihn zu beherrschen. Er war aber nicht weit gekommen. Mithilfe eines Tutorials war es ihm gelungen den Text »Hello, world!« auf den Bildschirm zu zaubern. Das war's dann. Irgendwelche Verpflichtungen waren ihm dann dazwischen gekommen und er hatte das Projekt Programmiersprache schließlich wieder aus den Augen verloren.

Paul wollte gerade das Notebook herunterfahren, als sein Blick auf einen Absatz fiel, der ihn aufmerken ließ:

"In seinen Fabriken kontrollierte August Thyssen selbst im hohen Alter noch alles höchstpersönlich. Er kümmerte sich fast pedantisch um jede noch so banale Kleinigkeit.

Anders auf Schloss Landsberg. Hier überließ er im Großen und Ganzen alles vertrauensvoll der Dienerschaft."

Ja! Das war es doch! Das könnte sie in der Rodinfrage vielleicht weiterbringen. Sie mussten mehr über die Dienerschaft erfahren. Hedwig Goldacker war die Tochter eines Bediensteten gewesen. Wer waren ihre Nachfahren? Möglicherweise konnten sie über Familienkontakte an wertvolle Informationen kommen. Es sollte einen Versuch Wert sein!

4

Harald Gerling musste nicht lange überlegen.

»Die alten Tagebücher? Die hat mir Waldemar damals vorbeigebracht, als sein Opa gestorben war. Waldemar war ein Arbeitskollege von mir. Wir kennen uns schon seit dem Kindergarten. Ist jetzt auch in Rente. Er wohnt gleich nebenan. Zwei Häuser weiter. Ich bringe euch hin.«

Es war vier Häuser weiter und das Anwesen fiel schon aus der Ferne durch zwei völlig unterschiedliche Haushälften auf. Die eine Hälfte hatte eine modern verklinkerte Fassade und großzügige An- und Aufbauten. Die andere ließ mit ihrem rauhen Putz und ihrer architektonischen Schlichtheit den ursprünglichen Zustand des vermutlich hundert Jahre alten Hauses erahnen. Auch die großen Vorgärten konnten kaum gegensätzlicher sein. Gepflegte Rasenfläche auf der einen Seite, wild wuchernde Doldengewächse und Holunderbüsche auf der anderen.

Als sie in die Nähe kamen, bemerkten sie lautes Geplätscher hinter den Büschen.

Dann sahen sie Gerlings Arbeitskollegen, der gerade dabei war, eine Grube auszuheben. Auch der Grund für das Geplätscher war nun offensichtlich.

Über den Garten verteilt standen mehrere Brunnenfiguren. Einige kannte Paul aus dem Baumarkt. Die »Frau mit Krug« und das »Männeken Piss«.

»Er hat einen Wassertick«, sagte Gerling. »Wahrscheinlich legt er gerade einen Teich an.« Dann rief er laut:

»Hau rein, Waldemar. Nicht schlapp machen. Lass die Schaufel glühen!«

Waldemar sah auf und wischte sich den Schweiß von der Stirn. Dann fragte er trocken: »Was sehe ich? Darfst du schon ohne Rollator vor die Tür?«

Gerling ignorierte die Bemerkung und kam ohne Umschweife zum Grund ihres Besuches.

»Die jungen Leute hier haben ein paar Fragen zu den Tagebüchern, die du mir damals gegeben hast.«

Manni unterdrückte ein Lachen. »Junge Leute« gefiel ihm.

Waldemar legte die Schaufel beiseite und führte seine Gäste zur Sitzecke, die unter einem großen Sonnenschirm gruppiert war. Nachdem er alle mit einem Bier versorgt hatte, berichtete er von seinem Fund.

»Die Tagebücher habe ich auf dem Dachboden gefunden, als ich das Haus geerbt hatte. Uralte Schätzchen. Da dachte ich mir, das ist was für Haralds Sammlung. Die waren, glaube ich, von irgendeiner Goldacker, oder?«

»Ja, Hedwig Goldacker«, bestätigte Paul.

»Die Goldackers haben irgendwann in die Struwes eingeheiratet. Ich glaube, ein Bruder meines Urgroßvaters hat damals die Hedwig Goldacker geheiratet.«

Paul stutzte. »Struwe?«

»Ja. Mein Urgroßvater war Konrad Struwe. Er arbeitete als Gärtner auf Schloss Landsberg. Wie seine Brüder alle mit Vornamen hießen, weiß ich jetzt gar nicht.«

»Ist auch egal«, winkte Manni ab. »Hedwig Goldacker hat geschrieben, dass es einmal schlechte Stimmung auf dem Schloss gab. Wegen einer Skulptur.«

»Ah, ja«, murmelte Gerling. Für einen Moment sah es so aus, als wollte er etwas sagen. Er entschied sich aber, still zu bleiben.

»Wegen einer Skulptur?« Waldemar überlegte. »Ach so. Ja. Mein Opa hat da mal was erzählt. Da war ich noch in der Schule, und mein Vater lud einmal in der Woche zum Skatabend ein. Da wurden dann immer Geschichten erzählt. Jetzt fällt es mir wieder ein. Opa kannte den Vorfall auch nur von seinem Vater, aber er konnte so gut erzählen, dass man das Gefühl hatte, er hätte es selbst erlebt. Da kam also eines Tages dieses Geschenk von dem Künstler.«

»Rodin.«

»Ja, kann sein. Jedenfalls kam das beim alten Thyssen gar nicht gut an. Gefiel ihm wohl nicht. Er hat geflucht und befohlen, sie sollten ihm dieses scheußliche Teil aus den Augen schaffen.«

Paul dachte laut nach. »Ein Geschenk? Dann war es vielleicht doch nicht von Rodin.«

»Hedwig Goldacker schreibt aber vom achten Rodin«, gab Manni zu bedenken.

Paul nickte. »Nun gut. Was geschah dann?«

»Wahrscheinlich haben sie es in der Ruhr versenkt«, fuhr Waldemar fort. »Vom Schloss aus führt auch heute noch ein Weg direkt runter zur Ruhr. Schwupps! Und schon war Ruhe.«

Manni und Paul sahen sich fragend an.

»Ach, Quatsch!« Jetzt mischte sich Gerling doch noch ein. »Jeder weiß doch, dass sie es beiseite geschafft haben.«

»Unsinn! Das hätte doch auffallen müssen. Das war damals schon verleumderisch, und es bleibt Verleumdung«, widersprach Waldemar. »Und überhaupt: In all den Jahrzehnten hätte es doch irgendwann auftauchen müssen. Na, wo ist es denn, das schöne Stück?«

»Komm, komm! Die Struwes hatten es schon immer faustdick hinter den Ohren.« Gerling wußte nur zu gut, wie er Waldemar provozieren konnte.

»Sie haben es versenkt, basta!« Waldemar schlug mit der Faust auf den Tisch. Nachdem er genussvoll registrierte, dass ihn alle angesichts seines energischen Widerspruchs respektvoll ansahen, schob er nachdenklich hinterher: »Vielleicht haben sie es aber auch in Stücke geschlagen und im Schlossgarten verwendet.«

Manni hob erstaunt die Augenbrauen.

»Was weiß ich? Als Wegeeinfassung, oder so«, ergänzte Waldemar.

Paul konnte seine Enttäuschung nicht verhehlen. Wieder nichts. Waldemar wusste also auch nichts Brauchbares über den Verbleib zu sagen. Es war wie verhext mit ihrer Suche nach dem Rodin. Jede Spur, der sie folgten, führte ins Leere. Doch zumindest hatte ihnen Waldemar nun Hedwig Goldackers Tagebucheintragung bestätigt. Es gab die ungeliebte Skulptur also tatsächlich. Und wenn Gerlings Gerücht vom Diebstahl stimmte … wer weiß?

Plötzlich verengten sich Waldemars Augen und er gab einen wütenden Zischlaut von sich. »Nicht schon wieder!«

Erschrocken folgten sie seinem grimmigen Blick. Hinter der Hecke, die die Grundstückhälften trennte, stand Hans-Gerd Struwe und beobachtete sie.

Als Struwe alle Blicke auf sich gerichtet sah, trat er näher heran und grub sich dabei fast in die Hecke.

»Herr Werner, ich bin überrascht, Sie hier zu sehen. Was verschafft uns die Ehre?«

»Nicht uns. Mir!« Waldemar klang giftig. »Wir reden über alte Zeiten. Als die Struwes noch was taugten. Aber das geht dich nichts an.«

»Ich glaube schon, dass mich das was angeht. Ich habe doch mitbekommen, wovon ihr redet. War ja nicht zu überhören.«

»War ja nicht zu überhören!« Waldemar äffte Struwe nach und begleitete es mit affektierten Handbewegungen. »Sind wir dir zu laut? Soll ich jetzt nicht einmal mehr Besuch haben dürfen, damit der werte Herr seine Ruhe hat?« Er war nahe daran, sich in Rage zu reden. Empört wandte er sich an seine Gäste: »Er will mir die Brunnen verbieten, weil sie angeblich zu viel Krach machen.«

»Sie sind auf Dauer nervtötend.« Struwe wandte sich nun Verständnis suchend ebenfalls an die Gäste. »Wir haben unser Schlafzimmer direkt hier oben. Man traut sich ja kaum, das Fenster aufzumachen. Auch wegen der vielen Mücken, die durch das ganze Wasser angezogen werden.«

»Mein Herr Sohn will seinen eigenen Vater verklagen!«

»Quatsch! Das will ich nicht. Aber wenn du weiterhin so rücksichtslos und stur bist, wird mir wohl nichts anderes übrig bleiben.«

Paul wurde das Ganze unangenehm. Sollten sie doch ihren Streit unter sich ausmachen. Er räusperte sich. »Wir wollten sowieso gerade gehen.«

Manni und Harald Gerling nahmen das Stichwort bereitwillig auf. Sie verabschiedeten sich eilig, und als sie das Gartentor hinter sich geschlossen hatten, holte Gerling tief Luft.

»Manchmal bin ich ganz froh, dass ich keine Kinder habe«, sagte er kopfschüttelnd. »Apropos Kinder. Sind Sie schon weitergekommen mit den Reliquien?«

»Die ... äh … ja richtig.« Paul fühlte sich ertappt. Die Erbschaft hatte er völlig aus dem Blick verloren. »Die Reliquien. Genau. Sieht gut aus.« Er nickte bekräftigend.

Gerling klopfte ihm mit einem erleichterten Schmunzeln auf die Schulter. »Sie machen das schon!«

6

Bevor Paul den Schlüssel im Schloss herumdrehte, tippte er kurz auf die Klingel und hielt einen Moment inne. Nichts. Sabrina war anscheinend noch nicht zuhause. Paul trat ein. Er fühlte sich fast wie ein Eindringling. Das lag wohl vor allem daran, dass ihm die neue Wohnung immer noch fremd war. Dieser Geruch von frischer Farbe hielt sich hartnäckig in der Luft. Allerdings musste er sich eingestehen, dass es hier im Gegensatz zur alten Wohnung einladend hell und freundlich war.

Sabrina hatte die Woche seiner Abwesenheit allem Anschein nach dazu genutzt, die Räume mit allerlei Dekor auszuschmücken. Paul überraschte es kaum, zu sehen, dass ihr das ausgesprochen stilvoll und geschmackvoll gelungen war. Besonders gefiel ihm das neue Ölgemälde im Esszimmer. Eine impressionistische Dorflandschaft in zarten, sommerlichen Pastellfarben gehalten. Vermutlich stellte es eine Region in Italien dar.

Im geräumigen Wohnzimmer hatte sie sich eine Schreibecke mit Sekretär eingerichtet. Auch hier zierten Fotos und Gemälde die angrenzende Wand. Sofort stach ihm seine alte Zeichnung ins Auge. Sabrina hatte sie anscheinend all die Jahre aufbewahrt und nun gerahmt. Paul trat etwas näher heran.

Es war eine Art Karikatur. Sie stellte Sabrina als Freiheitsstatue dar, gekleidet in eine tiefschwarzen Anwaltsrobe. Dazu der handgeschriebene Titel: »Das Beste«. Paul hatte sie ihr nach ihrem bestandenen Zweiten Staatsexamen auf den Frühstückstisch gelegt. Er hatte die ganze Nacht daran gezeichnet und anschließend ein opulentes Frühstück vorbereitet, das jedem 5-Sterne-Hotel zur Ehre gereicht hätte.

»Das Beste«, zitierte Paul flüsternd. Er lächelte versonnen in Erinnerung an den wunderschönen Abend, den sie damals am Wochenende vor Sabrinas Examen hatten. Sie waren zur Regattabahn gefahren. Dort gab es anlässlich der gerade stattfindenden Kanu-Weltmeisterschaft eine Kultur-Plaza mit angesagten Musikevents, Entertainment und einladenden Restaurant-Zelten.

Der Wein war hervorragend. Sie hatten einen Platz im Biergarten gefunden, nahe dem großen Zelt, in dem die Headliner auftraten. Es war eine wunderbar laue Sommernacht und es wimmelte nur so von gut gelaunten Menschen, die durch die Gassen der Plaza bummelten. Darunter befanden sich auch die Sportler. Junge Leute in Trikots, die ihre nationale Zugehörigkeit verrieten. Sie kamen aus Kuba, Kanada, China, Finnland, Litauen. Sie alle lachten ausgelassen und schienen den Abend ebenso als etwas Besonderes zu genießen, wie es Paul und Sabrina taten.

Sabrina genoss es, mal nicht an Paragrafen, an Recht und Unrecht, zu denken. Und Paul sah endlich wieder dieses geheimnisvolle entrückte Lächeln auf ihrem Gesicht, das ihm signalisierte, dass es ihr wirklich gut ging. Sie sahen sich tief in die Augen. Sie waren glücklich. Und auf einmal drangen aus dem Musikzelt diese Zeilen. Als wäre der Song nur für sie beide geschrieben. »Du bist das Beste, das mir je passiert ist.«

Paul wandte seinen Blick von der Zeichnung ab und sah gedankenverloren Richtung Fenster. Hatte damit alles angefangen? Mit den Paragrafen? Mit Recht und Unrecht? So ganz von der Hand zu weisen war es nicht. Denn danach war es vorbei gewesen mit der Leichtigkeit ihres bisherigen Lebens, und immer öfter hatte ein unromantisches Weckerklingeln den Start in den Tag bestimmt, den sie dann auch immer öfter voneinander getrennt verbrachten.

Und sein eigener Anteil daran? Er war es schließlich, der den gemeinsamen Pfad verlassen hatte, als er das Studium abbrach, um sich den Touristen und der Stadtgeschichte zu widmen. Zwar hatte er gar nicht so falsch gelegen, als er damals darin attraktive Möglichkeiten und Perspektiven sah. Doch trennten sich dadurch natürlich - zumindest beruflich - ihre Wege. War also das, was nun passierte, eine zwangsläufige Entwicklung? Ein vorhersehbares Schicksal?

Ein leises, kaum hörbares Geräusch schreckte ihn plötzlich auf. In der Tür stand Sabrina. Er hatte sie gar nicht kommen hören. Sie trug den roten Mantel, mit dem er sie zuletzt in seinem wirren Zustand auf dem Friedhof Pére Lachaise zu sehen geglaubt hatte. Sie sah bezaubernd aus.

Doch der Blick mit dem sie ihn schweigend ansah, irritierte Paul. Er wusste ihn nicht zu deuten. War es Groll, der ihre Augen so merkwürdig erstarren ließ? Kummer? Neugier? Die Ungewissheit, wie er sich nun verhalten würde? Oder war sie einfach nur überrascht, ihn zu sehen? Nein. Sie würde wohl kaum vergessen haben, dass er für heute seine Rückkehr angekündigt hatte.

Ohne den Blick von ihm zu lassen, kam Sabrina langsam auf ihn zu. Etwa einen Meter vor ihm blieb sie stehen und für einen Moment sah es so aus, als ob sie etwas sagen wollte. Doch sie sagte nichts. Sie sah ihn einfach nur an.

Plötzlich verdrehte sie die Augen und brüllte mit einer Lautstärke, die Paul zusammenzucken ließ:

»Oh, Mann, eh!«

Es blieb nur ein kurzer Moment, sich von dem Schreck zu erholen, dann fielen sie sich heftig in die Arme.

7

Eigentlich hatte Manni vorgehabt, den Sperrmüll aus Gerlings Erbschaft grob zu sortieren, um sich einen Überblick zu verschaffen und ihn später gezielter verkaufen zu können. Die Bergbau-Utensilien in die eine, die Stahlarbeitersachen in die andere Ecke.

Doch dann fielen ihm die Tagebücher der Hedwig Goldacker in die Hände, und er wollte wenigstens einmal nachschauen, ob sich etwas über Thyssens Gärtner, Konrad Struwe, darin finden ließ.

Er musste nicht lange suchen. Zahlreiche Einträge befassten sich mit ihm. Das war ihm vorher gar nicht so aufgefallen. Hedwig Goldacker hatte anscheinend für den »feschen Konrad« geschwärmt. Sie bewunderte sein Talent beim Anlegen und Pflegen der barocken Gartenanlage, die auf Wunsch August Thyssens französischen Orangerien nachempfunden war. Sie erwähnte immer wieder sein Geschick in allerlei handwerklichen Dingen. Wenn er zum Beispiel die Zierbrunnen reparierte oder filigrane Drahtgeflechte herstellte, mit deren Hilfe er die Blütenpracht der edelsten Rosen zauberhaft zur Geltung brachte.

Allerdings gab es auch Abschnitte, in denen sie ihre Missbilligung äußerte. Sie fand ihn manchmal etwas grob im Umgang, und anscheinend nahm er es, wie

Gerling es kürzlich schon angedeutet hatte, an seinem Arbeitsplatz mit den Besitzverhältnissen nicht gar so genau.

In seinem Gärtnerhäuschen hortete er so manches Kleinod, das eigentlich in den Garten oder in den Wintergarten gehörte. Einmal hatte sie ihn auf einen solchen Gegenstand angesprochen. Leider war er in ihrem Tagebucheintrag nicht näher bezeichnet. Der Gärtner musste wohl ziemlich erschrocken gewesen sein. Statt sich zu erklären, hatte er versucht, ihr Angst zu machen, und behauptet, es handele sich um etwas Magisches.

»Erzürne niemals einen Dämon! Seine Strafe wird dich verfolgen ein Leben lang und darüber hinaus.« Danach fand sich keine Erwähnung mehr dazu in den Büchern. Weder zum Gegenstand noch zum feschen Konrad.

Damals war der Glaube an Zauber und Magie weit verbreitet, dachte Manni.

Plötzlich fiel ihm Herr Marchand wieder ein. Dieser Quacksalber! Der hatte doch auch so etwas gesagt, als er von Meudon sprach. Der Magier von Meudon. Nein, der Zauberer von Meudon. War damit vielleicht Rodin gemeint gewesen? Hatte Rodin etwa einen Fluch zu Schloss Landsberg gesandt?

Manni ertappte sich, ein wenig peinlich berührt, dabei, wie seine Gedankengänge immer absurder wurden. Er legte die Bücher zurück in die Kiste und begann, das Gerümpel zu sortieren, wie er es vorgehabt hatte.

Die Trennung nach Stahl oder Kohle erforderte seine ganze Aufmerksamkeit und schon bald verschwendete er keinen Gedanken mehr an Konrad, Hedwig und Rodin.

8

»Oh, Mann! Wie habe ich dich verflucht und gleichzeitig vermisst. Es war wie Gift in meinen Adern und in meinem Kopf. Was war bloß los mit uns?« Sabrina legte ihren Kopf auf Pauls Brust und schmiegte sich eng an ihn an.

Das, was wohl kommen musste, dachte Paul. Die unsichtbare Patina des Alltags, die sich mit der Zeit gnadenlos über alles legte und dabei unmerklich und leise mehr und mehr die Luft abschnürte. Sie hatte auch sie beide nicht verschont.

»Wenn einem so etwas passiert, glaubt man immer, man sei allein damit auf der Welt«, sagte er zögernd. »Dabei erwischt es bekanntlich jede Beziehung irgendwann. Man weiß es, doch man verdrängt es. Erich Kästner hat einmal ein sehr schönes, trauriges Gedicht darüber geschrieben. Du kennst es bestimmt. Das von dem Paar, dem nach Jahren die Liebe abhanden kommt, wie anderen Leuten ein Stock oder Hut.«

»Ja richtig. Wie war das noch?«

»Sie sind traurig, als sie es bemerken. Aber sie tun so, als ob nichts sei. Sie machen Scherze und küssen sich. Dann gehen sie ins Café. Und schweigen. Den ganzen Tag.«

»Und dann?«

»Nichts.«

»Oh. Das ist wenig. Den Rest des Lebens nebeneinander her leben - eine schreckliche Vorstellung.«

»Die Alternative wäre die Trennung.« Paul war
über sich selbst erschrocken. Wie nüchtern und sach-
lich er das aussprach.

»Trennung? Und das ganze Spiel mit jemandem
anderen von vorne beginnen? Genau so bescheuert!«
Sabrina richtete sich ruckartig auf und zog die Bett-
decke an sich. »Mal davon abgesehen, dass mir die
Liebe nicht abhanden gekommen ist. Es liegt doch
allein in unserer Hand, ob wir dem Alltag erlauben,
sich zwischen uns zu drängen oder nicht. Gerade jetzt,
wo wir wissen, dass auch wir nicht immun sind,
können wir etwas dagegen tun. Meinst du nicht?«

Paul sah sie fasziniert an. Es war zwar eine banale
Logik, doch es machte gleichzeitig deutlich, dass sie
an ihre gemeinsame Zukunft glaubte und sich in
diesem Glauben nicht so leicht erschüttern lassen
würde.

»Was hältst du davon, wenn ich die Gesetzbücher
mal für ein Weilchen ad acta lege? Ich könnte mich
ein bisschen um deine Touristen kümmern«, sagte
Sabrina mit einem Schmunzeln auf den Lippen.

»Was?« Paul starrte sie ratlos an.

»Ich mache einen Kapitänsschein und fahre sie den
Rhein rauf und runter. Du musst ihnen dann immer

schön etwas Passendes dazu erzählen. Und Manni macht den Smutje.«

Paul lachte laut auf: »Verrücktes Huhn!«

Er traute ihr das glatt zu.

9

Tiefe Nacht legte sich über die ländlichen Randregionen der Stadt. Manni schaltete die Gartenbeleuchtung aus. Paul würde heute wohl nicht mehr kommen. Anscheinend hatte er sich wieder mit Sabrina versöhnt. Das wäre ja schön!

Allerdings hätte er Paul gerne noch ein Weilchen länger hier gehabt. Er hatte sich gerade an die kleine Wohngemeinschaft gewöhnt.

Manni war noch nicht müde. Er zappte kurz durch die Fernsehsender. Aber, wie zu erwarten, lief dort nur der typische Samstagabendmist. Alberne Shows mit Studiogästen, die er nicht kannte, obwohl sie euphorisch als Superstars begrüßt wurden. Er schaltete den Fernseher aus und machte sich stattdessen ein weiteres Bier auf.

Das Notebook stand auf dem Esstisch. Er zog es zu sich heran und klappte es auf. Als sich die Startseite mit dem Google-Fenster öffnete, gab er eher beiläufig als gezielt »Schloss Landsberg Dämon« ein. Es führte zu mehreren Schloss Landsberg-Artikeln. Einer davon beschrieb begeistert August Thyssens Jugendstil-Badezimmer mit Nymphen und Nixen, das er 1904 auf der Pariser Weltausstellung erstanden hatte. Doch von Dämonen weit und breit keine Spur.

Manni öffnete eine Tüte Studentenfutter, schüttete einen Teil in seine geöffnete Hand und gab den Rest in ein Schälchen. Dann tippte er in die Sucheingabe: »Zauberer von Meudon«.

Treffer! Der Wikipedia-Artikel widmete sich ausführlich dem Leben eines gewissen Éliphas Lévi. Ein merkwürdiger Typ. Er war erst Kirchenmann, dann Sozialist und Schriftsteller und schließlich Okkultist. Er galt sogar als Wegbereiter des modernen Okkultismus. Seine Novelle »Der Zauberer von Meudon« hatte jedoch nichts mit Rodin zu tun. Sie war bereits 1861 erschienen und der Witwe von Honoré de Balzac gewidmet. Rodin dürfte sie dennoch bekannt gewesen sein. Schließlich waren Lévi und Rodin Pariser Zeitgenossen.

Eine gruselige okkulte Abbildung erregte Mannis Aufmerksamkeit. Ein Dämon mit gehörntem Ziegenkopf, den Lévi für eine Tarotkarten-Edition gezeichnet hatte. Ein sogenannter »Baphomet«, dem angeblich seinerzeit die Tempelritter huldigten.

Manni kam diese Gestalt irgendwie bekannt vor. Wahrscheinlich kannte er dergleichen aus dem alemannischen Karneval. Möglich aber auch, dass er es mal als Motiv auf einem Plakat für einen Horrorfilm gesehen hatte. Eine sympathische Ausstrahlung hatte die Figur jedenfalls nicht.

Manni fuhr den Rechner runter. Er hätte gerne, bevor er zu Bett ging, noch ein wenig mit Paul geplaudert. Doch wahrscheinlich war es besser, dass er jetzt nicht da war. Wenn Manni ihm von dem Baphomet erzählt hätte, würde Paul ihn sicherlich für völlig verrückt halten. Dem Hokuspokus verfallen.

Er behielt es lieber für sich.

Sternenstaub

1

Auf diesen Tag hatten sie lange gewartet. Das Wetter war perfekt. Sommerlich, doch nicht zu heiß. Ideal, um die Skulpturengartentour zu testen! Als Paul und Sabrina in Mannis Hof einbogen, wurden sie vom Künstler bereits erwartet. Er stand an seinem Sprinter und winkte sie ungeduldig herbei. In der Hand hielt er eine große Rolle.

»Das kam gerade noch rechtzeitig aus der Druckerei«, sagte er, während er die Folie langsam aufrollte. »Hilf mir mal!«

Paul schnappte sich einen Zipfel und langsam wurde der Aufdruck erkennbar: »CultureSnack-Tours«

»Wie findet ihr das?« fragte Manni mit leuchtenden Augen. Er hielt den Schriftzug stolz an die Seite des Sprinters. »Für die andere Seite gibt es natürlich auch noch einen.«

»Hat was!« sagte Sabrina.

»Klingt irgendwie lecker«, meinte Paul und grinste wieder sein dreckiges Grinsen.

Manni ignorierte die flapsige Bemerkung und begann stattdessen mit viel Geschick die Folie anzubringen. Er machte so etwas anscheinend nicht zum ersten Mal. Es gelang ihm auf Anhieb blasenfrei. Sabrina warf währenddessen einen Blick in den

Sprinter und staunte nicht schlecht. Alles war blitzblank und es roch nicht einmal mehr nach Nikotin.

Es konnte losgehen. Paul nahm auf dem Beifahrersitz platz. »Nächstes Mal bringe ich ein Mikrofon mit«, stellte er fest. »Sieht professioneller aus.«

»Und Namensschilder mit unserem Logo«, ergänzte Manni.

Als Erstes holten sie Harald Gerling ab. Sie fürchteten schon, er könnte nicht zuhause sein, denn es dauerte recht lange, bis er endlich, auf Krücken gestützt, an der Tür erschien.

»Es ist zum Kotzen! Ausgerechnet heute spielen die Beine nicht mit«, fluchte er. Er sah wirklich erbarmungswürdig aus. Sie halfen ihm in den Wagen und machten sich auf den Weg zu Waldemar.

Im Rückspiegel sah Manni, wie Sabrina dem Verzweifelten aufmunternde Blicke zuwarf und ihm schließlich tröstend die Hand tätschelte. Wie schön, dachte er gerührt.

Bei Waldemar angekommen, fanden sie keinen Parkplatz. Alles war zugeparkt und zu allem Überdruss stand auch noch ein großer Schuttcontainer vor dem Haus. Manni hielt genervt in der Straßenmitte und drückte mehrmals kräftig auf die Hupe.

In der noblen Haushälfte ging ein Fenster auf und Hans-Gerd Struwe sah empört nach dem Rechten.

Paul fragte sich, ob der wohl seinen Facebook-Beitrag gelesen hatte, in dem er den Test der neuen selbstorganisierten Tour begeistert angekündigt hatte. Na ja, eigentlich konnte es ihm egal sein.

Dann öffnete sich die Tür der anderen Seite und Waldemar kam mit einem dicken Buch unter dem Arm auf sie zu. »Ich hoffe, ihr wartet noch nicht so lange. Ich habe meinen Kunstführer gesucht. Braucht man ja so selten!«

Manni sah auf einen Blick, dass es sich um einen ziemlich alten Schinken handelte, der die Klassiker im Louvre und im Prado behandelte.

»Perfekt!« lobte er schmunzelnd. »Dann sind wir ja bestens gerüstet!« Er gab Gas.

2

Sie befuhren die Autobahn Richtung Norden. Die weiten Felder des Niederrheins prägten das Landschaftsbild, kaum dass sie den Rhein überquert hatten.

»Wie lange brauchen wir bis Rees?« fragte Paul

»Dreiviertelstunde etwa«, antwortete Manni.

Au weia! Das war lang. Paul hatte gedacht, dass die Fahrt wesentlich kürzer werden würde. Unter diesen Umständen musste er sich für die zukünftigen Touren etwas einfallen lassen. Interessantes und Unterhaltsames zum Thema Niederrhein im Allgemeinen. Grafschaften, Wasserburgen, Rüben, Spargel, Joseph Beuys, Otto Pankok, Hanns Dieter Hüsch und so weiter. Doch jetzt war er darauf nicht vorbereitet. Gut, dass sie unter sich waren. Er kommentierte hin und wieder einen der Orte, die sie passierten.

Nach etwa zwanzig Minuten wurde es dennoch auffällig still im Sprinter. Diese Art von Stille, die andeutete, dass es nun genug war mit dem Verharren in den Sitzen. Paul überlegte krampfhaft, was er noch erzählen könnte. Da rettete Sabrina die Situation.

»Kennt ihr das Spiel Nummernschilder-Sätze?« fragte sie auffallend fröhlich. Die älteren Herren verneinten.

»Ist das nicht ein Kinderspiel?« Paul meinte, sich zu erinnern.

»Genau!« Sabrina nickte. »Aber es ist lustig.«

»Dann erzähl mal!« Harald Gerling schmerzten die Beine und ihm war jede auch noch so triviale Ablenkung willkommen.

»Also, es geht so«, begann Sabrina zu erklären. »Immer, wenn uns ein Auto überholt, bilden wir einen Satz aus den Buchstaben des Nummernschildes. Das sind dann die Anfangsbuchstaben der Wörter. DU-IN ergibt dann zum Beispiel den Satz: Das Ufer ist nah. Wer als erstes einen Satz gebildet hat, hat gewonnen.«

Sie hatten verstanden. Paul lächelte amüsiert. Sabrina konnte in solchen Spielchen völlig aufgehen.

Manni drosselte das Tempo. Sie fuhren zwar ohnehin auf der rechten Spur, aber er wollte jetzt sofort überholt werden. Es dauerte dann auch nur Sekunden. Ein Bochumer Fahrzeug überholte sie.

»BO-PB«, las Sabrina laut vor.

»Bei Opa plätschern Brunnen«, rief Waldemar schnell, bevor irgendjemand anderes auch nur den Ansatz einer Idee entwickeln konnte. Ausgelassenes Gelächter war die Folge.

Das Kinderspiel konnte eine Zeit lang gut unterhalten, bis schließlich doch wieder Stille eintrat. Diesmal war es Manni, der das Schweigen beendete.

»Der verfolgt uns!«

Alle drehten ihre Köpfe nach hinten und sahen durch die Heckscheibe. Ein Mietwagen aus Düsseldorf fuhr in einigem Abstand hinter ihnen. Nah genug, um das Nummernschild erkennen zu können. D-VU.

Gerling schüttelte den Kopf. »Das gilt nicht. Der hat uns nicht überholt.«

»Eben!« Manni warf noch einmal einen prüfenden Blick in den Rückspiegel, dann hakte er das Thema ab. »Wir sind übrigens gleich da. Es ist die nächste Ausfahrt.«

3

Die Bundesstraße war von großen, alten Bäumen gesäumt und führte vorbei an idyllischen Feldern und Gehöften.

Plötzlich schrie Sabrina auf: »Der verfolgt uns tatsächlich!«

Alle sahen sich um. Der Düsseldorfer Wagen war nun dicht hinter ihnen. Seine getönten Scheiben hatten etwas Bedrohliches. Ein Gangsterauto!

»Wir müssen ihn abhängen!« rief Waldemar aufgeregt.

»Macht etwas! Schnell!« wies Gerling erregt Paul und Manni an.

»Gute Idee. Aber was denn, bitteschön?« fragte Manni gereizt.

»Ganz ruhig!« Paul versuchte, die leicht panische Stimmung zu besänftigen. »Was soll der denn schon von uns wollen?« Zur Sicherheit hatte er trotzdem sein Handy gezückt, um notfalls sofort die Polizei benachrichtigen zu können.

Sie behielten den Wagen im Auge und es wunderte sie nun nicht mehr, dass er ihnen selbst noch bis auf den Parkplatz des Skulpturenparks folgte.

Keiner sagte mehr ein Wort. Sie wagten es nicht, auszusteigen. Die Verfolger hatten eine Parknische einige Meter neben ihnen gefunden.

Paul sah, wie sich die Türen des Mietwagens öffneten. Zwei schwarz gekleidete Männer und eine Frau stiegen aus. Sie begaben sich zur Heckklappe. Einer der Männer entnahm dem Wageninneren einen großen, stählernen Koffer. Der andere hievte einen schweren Gegenstand auf seine Schulter. Es war eine Kamera. Jetzt erkannte Paul die Frau.

Es war Elsa!

4

Die Überraschung war riesengroß und ihr Wiederse-
hen fiel ausgesprochen herzlich aus. Elsa hatte Pauls
Ankündigung vom Test der eigenen Tour gelesen.
Besonders das Bild, das Paul zur Illustration hochgeladen hatte, hatte ihre Aufmerksamkeit erregt. Ein
Foto vom »Griff nach den Sternen«. Sie wollte unbedingt Impressionen dieses bemerkenswerten Künstlers einfangen und so änderte sie kurzerhand den
Drehplan ihrer Deutschlandreise.

Als Manni davon erfuhr, errötete er. »Ist doch nur
eine Skulptur von Vielen. Nichts Besonderes.« Paul
schüttelte seufzend den Kopf. Es war hoffnungslos.
Manni würde es nie lernen, sich anständig zu ver-
markten.

Sabrina hatte sich während der ganzen Begrü-
ßungszeremonie still im Hintergrund gehalten. Die
offensichtliche Vertrautheit, die zwischen Paul und
dieser blonden Schwedin herrschte, sorgte bei ihr für
bislang unbekannte Gefühle. Eifersuchtsgefühle. Paul
hatte ihr nicht von Elsa erzählt gehabt.

Die Besichtigung des Skulpturenparks Rees hatten
sie schnell hinter sich gebracht. Es war zwar ein sehr
schöner Park mit beeindruckenden Kunstwerken,
aber er war doch auch sehr klein und übersichtlich.

Paul fragte sich, ob dies die lange Fahrt wirklich lohnte, und ob sie den Tourenplan zukünftig nicht besser ändern sollten.

Wenn Manni allerdings bezweckt haben sollte, dass sein eigener Garten im Anschluss daran umso eindrucksvoller zur Geltung kam, dann war die Rechnung voll aufgegangen. Kaum dass sie das Grundstück betraten, ging ein erstauntes Raunen durch die Reihen. Alle waren sofort beeindruckt und fasziniert.

Manni führte sie durch das botanische und kulturelle Schmuckstück, ohne dabei viel Aufhebens um seine Plastiken zu machen, die - teils zwischen Blumen und Sträuchern versteckt - über den ganzen Garten verteilt waren. Der Kameramann machte währenddessen immer wieder Nahaufnahmen von den einzelnen Skulpturen. »Close Ups«, wie er es nannte.

Paul sah, wie Sabrina und Elsa Harald Gerling auf dem Weg halfen und ihn stützten. Gerling schien es zu gefallen, einmal der Hahn im Korb zu sein, wenngleich er immer wieder versicherte, dass seine Behinderung nur ein momentaner dummer Zustand sei. Normalerweise könne er immer noch sehr flott laufen.

»Natürlich!« Seine beiden Helferinnen nickten heftig. Dann lächelten sie einander zu.

5

Die Bewirtung am großen Tisch, mitten im Garten, entwickelte sich zu einem genussvollen Gelage. Bier, Wein und jede Menge köstliche Snacks, die Manni tags zuvor vorbereitet hatte, sorgten inmitten der Idylle für beinahe wollüstige Laute und Gebärden. Ein Bild, das jeden großen impressionistischen Maler zu einem Meisterwerk inspiriert hätte, wie Manni nicht ohne Stolz befand.

»Wir brauchen jetzt den Künstler für ein kurzes Interview!« rief Elsa so laut sie konnte, um das Stimmengewirr am Tisch zu übertönen. Sie stand mit einem Mikrophon in der Hand am »Griff nach den Sternen«.

Es wurde still am Tisch. Alle sahen zu Manni. Doch der tat so, als ob er nichts gehört hätte. Er griff sich eine Schale mit Kebap-Spießchen und fragte in die Runde, ob noch jemand Appetit habe.

»Noch ist das Licht optimal. Aber bald geht die Sonne unter. Besser jetzt!« meldete sich nun auch der Kameramann.

»Ach Mensch, Leute!« Manni stellte die Schale ab und wandte sich nun direkt dem schwedischen Fernsehteam zu. »Paul kann das viel besser. Er kennt alle meine Skulpturen und er kann sie viel besser beschreiben, als ich.«

Paul wollte zu einem Protest ansetzen aber Elsa kam ihm zuvor: »Paul ist morgen dran. Im Landschaftspark. Jetzt ist Skulptur Thema. Und wie Kameramann schon sagt. Hier ist nicht Mittsommernacht.«

Paul musste unwillkürlich lachen. Elsas Dialekt und ihre Entschiedenheit gefielen ihm. Manni warf Paul einen strafenden Blick zu. Dann begab er sich widerwillig zum Drehort.

Elsa und der Kameramann hatten Mühe, ihn in die richtige Position zu dirigieren. Als Manni zwischendurch hilfesuchend zu Paul sah, zeigte der ihm aufmunternd den ausgestreckten Daumen und rief: »Denk dran, Manni. Kunst braucht keine Worte!« Doch, kaum hatte er es ausgesprochen, fragte er sich, ob dies wirklich ein guter Tipp für den Einstieg in ein Interview war.

Manni machte seine Sache dann aber gar nicht so schlecht. Nachdem er sich ein wenig beruhigt hatte, beantwortete er alle Fragen, die ihm Elsa stellte, recht souverän. Paul fand sogar, dass er es großartig machte. Seine Leidenschaft, seine Begeisterung für die Kunst und für ein Leben, das er ganz der Ästhetik widmete - das kam alles sehr ausdrucksstark rüber. Und seine schüchterne Bescheidenheit, die für einen Künstler eher untypisch war, machte ihn umso sympathischer.

Wenn Elsa seine Antworten auf Schwedisch übersetzte, sah Manni stets unsicher und fragend zum Tisch herüber, wo es inzwischen ganz still geworden war. Alle verfolgten das Interview mit großem Interesse. Paul sah, wie Sabrina Manni begeistert beide gedrückten Daumen zeigte. Und Waldemar nickte immer wieder, ganz in das Geschehen versunken. Auch er war anscheinend beeindruckt.

Paul stutzte. Wo war eigentlich Gerling?

6

Paul sah sich besorgt nach Gerling um. Hoffentlich war er nicht gestürzt. In seinem Zustand hätte er wohl große Schwierigkeiten, alleine wieder aufzustehen.

Paul war erleichtert, als er ihn dann anscheinend wohlbehalten am Schuppen stehen sah. Er ging zu ihm und wollte ihm zurück an den Tisch helfen. Für einen Augenblick erschrak er, als er sah, dass Gerling zitterte und Tränen in den Augen hatte. Doch sofort war ihm klar, warum er derart ergriffen war. In der Aufregung um die neue Tour und das schwedische Fernsehteam hatten sie völlig vergessen, ihm davon zu berichten.

Über dem Eingang zum Schuppen war ein großes Schild angebracht. »Arbeitermuseum«, stand dort in unübersehbar großer Schrift. Und etwas kleiner darunter: »Stiftung Gerling«.

Alles war unglaublich eindrucksvoll beleuchtet. Glitzernde Vitrinen. Ecken und Nischen. Überall gab es etwas zu entdecken.

Manni hatte sich wirklich alle Mühe gegeben. Eine Wand hatte er komplett mit einer Gipsmasse bearbeitet und darin Mulden und Schalen geformt, in denen nun die unterschiedlichsten Exponate präsentiert wurden.

Paul brauchte nicht zu fragen, wie es ihm gefiel. Gerling brachte ohnehin kein einziges Wort mehr heraus. Die Tränen rannen ihm über's Gesicht. Er streckte die Hand aus und strich vorsichtig über die Henkelmänner, die an der Wand vor ihm aufgereiht waren. Neben dem Regal war ein Schildchen angebracht. »Henkelmänner - zur Aufbewahrung von Mahlzeiten - bis 1960er Jahre«.

»Die Beschriftungen sind noch sehr allgemein gehalten.« Manni war unbemerkt eingetreten und hatte sich zu ihnen gesellt. »Wir sollten am besten demnächst mal gemeinsam an konkreteren Angaben arbeiten.«, sagte er. Gerling nickte lächelnd.

Manni zwinkerte Paul zu. »Tja. So kann's gehen. Anscheinend mache ich gerade einen steilen Karrieresprung. Jetzt bin ich nicht nur Bildhauer, sondern auch noch TV-Star und Museumsdirektor!«

7

Zum Abschluss der geselligen Runde servierte Manni noch etwas ganz Besonderes. Sein selbstgemachter Kräuterlikör war in der Regel nur allerliebsten Gästen vorbehalten. Das TV-Team lehnte jedoch ab. Sie wollten zurück ins Hotel und den morgigen Drehtag vorbereiten. Elsa bedankte sich ganz herzlich bei Manni und man verabschiedete sich mit allgemeinen Umarmungen.

Diesmal war auch Sabrina mit von der Partie. Nachdem sie und Elsa sich herzlich und wortreich verabschiedet hatten, tauschten sie einander ihre Visitenkarten aus. Sabrina nahm Paul in den Arm und gemeinsam winkten sie den davonfahrenden Schweden hinterher.

Es war bereits dunkel geworden und Manni schaltete die Illumination an. Es war ein ereignisreicher und ein schöner Tag, dachte er zufrieden. Bevor er Gerling und Waldemar nach Hause fuhr, schenkte er ihnen noch ein letztes Mal von seinem Kräuterlikör nach.

»Wirklich schön hier!« Gerling nippte an seinem Glas und ließ seinen Blick versonnen über die zauberhaft beleuchtete Anlage schweifen. »Waldemars

Brunnen würden sich hier bestimmt auch gut machen. Er darf sie ja nicht mehr plätschern lassen.«

Manni hüstelte gekünstelt, sagte aber nichts. Paul ergriff das Wort: »Ich glaube nicht, dass Massenware aus dem Baumarkt hier reinpassen würde.«

»Die sind nicht alle aus dem Baumarkt«, widersprach Gerling. »Einer ist sogar selbstgemacht. Von Waldemars Opa.«

»Das stimmt!« Waldemar hatte den letzten Schluck seines Likörs runtergekippt und wischte sich nun mit dem Handrücken genüsslich über den Mund. »Er hat mühsam Löcher in eine alte Stuckfigur gebohrt und Rohre durchgezogen, um einen Brunnen daraus zu machen.«

»Eine Stuckfigur?« Paul wunderte sich. Wo bekommt man Stuckfiguren her?

»Ja. Eine Stuckfigur. Es wurde ja damals ständig etwas umgebaut auf Schloss Landsberg. Da fiel so Einiges an«, erklärte Waldemar.

»Der Brunnen!« Manni sah Paul auf einmal mit weit aufgerissenen Augen an. »Jetzt weiß ich, wo ich den Baphomet schonmal gesehen habe!«

Er hatte es plötzlich sehr eilig aufzubrechen.

8

Nachdem sie Gerling heimgebracht hatten und sicher waren, dass er gut ins Haus gefunden hatte, fuhren sie zu Waldemar. Neben dem Schuttcontainer fanden sie einen Parkplatz. Trotz der Dunkelheit sahen sie sofort das Dilemma. Die Brunnen waren aus Waldemars Garten verschwunden.

»Er hat es tatsächlich gewagt!« murmelte Waldemar.

Er wünschte noch einen schönen Abend und stieg aus. Am Schuttcontainer hielt er inne, warf einen kurzen Blick hinein und ging dann sichtlich geknickt zu seinem Haus. Kurz vor der Tür blieb er stehen. Er sah zum Dachfenster des Nachbarhauses und brüllte urplötzlich aus Leibeskräften: »Schöne Träume! Arschloch!« Dann verschwand er in seinem Haus.

»Er tut mir so leid!« sagte Sabrina. »Mir auch«, stimmte Paul ein.

Im Fenster des Nachbarhauses ging für einen kurzen Moment Licht an. Dann war wieder alles dunkel und still.

Sie starrten noch einen Moment traurig und schweigend vor sich hin, dann öffnete Manni die Fahrertür. »Ich muss noch etwas nachschauen«, sagte er und stieg aus. Paul und Sabrina sahen sich fragend an.

Manni war in den Container gekrabbelt und wühlte vorsichtig in den Trümmern der Brunnen. Er war bemüht, möglichst keine Geräusche zu machen. Paul und Sabrina standen daneben Schmiere. Jedenfalls fühlten sie sich so. Sie schauten, ob Struwe ruhig blieb.

Aus dem Container hörten sie Manni leise fluchen, dann sahen sie plötzlich sein staubverschmiertes Gesicht über den Rand luken. »Ich glaube, ich habe es gefunden«, flüsterte er. »Das Meiste ist, wie ich schon vermutete, Kunststein. Sandsteinoptik. Aber das hier nicht.« Er hob einen großen weisslichen Trümmerstein auf den Containerrand. »Das ist auch nicht Stuck. Das ist Marmor.«

Er drehte den Stein so, dass Paul und Sabrina ihn besser sehen konnten. Es war ein Gesicht, oder besser das, was davon übrig geblieben war. Ein dämonisches Gesicht. Manni wies auf die Besonderheiten hin. »Das Horn. Der Ziegenbart. Es ist ohne Zweifel ein Baphomet.«

Paul trat näher heran. Er hatte plötzlich eine unheimliche Ahnung. Dieser Bart, dieser verkniffene Gesichtsausdruck. Das war exakt das Gesicht, das Manni damals an die Wand gepinnt hatte! Es war August Thyssen!

Hatte er also doch sein Portrait bekommen? Dann sicherlich nicht so, wie er es sich gewünscht hatte.

Sondern als Dämon. Was hatte Rodin damit bezweckt? War es seine Art von Humor? Wollte er August Thyssen demütigen? Ihn zurechtweisen? Der Anblick dieser Skulptur muss für ihn jedenfalls ein ziemlicher Schock gewesen sein. Kein Wunder, dass der Kontakt so plötzlich und endgültig abbrach.

Konnte es wirklich so gewesen sein? Es würde so manches erklären, dachte Paul. Tatsache war jedenfalls, dass August Thyssen erst zehn Jahre später, im bereits hohen Alter von achtzig Jahren, bei einem anderen Bildhauer erneut ein Portrait in Auftrag gab, und es diesmal auch erhielt.

»Sei's drum!« sagte Paul und beendete damit seine Grübelei.

Sie halfen Manni aus dem Schuttcontainer und gingen wortlos zum Wagen.

Manni legte den Sicherheitsgurt um und gab vorsichtig Gas. Paul und Sabrina hatten auf der Bank hinter ihm Platz genommen. Die Sitzordnung degradierte Manni zwar zum Taxifahrer, doch der hatte sicherlich Verständnis dafür, dass die beiden nun etwas Nähe wünschten. Außerdem befand Paul insgeheim, dass Manni aktuell etwas zu staubig war, um sich direkt neben ihm aufzuhalten.

»Komischer Typ, dieser Agenturmensch«, sagte Sabrina. Sie schüttelte verständnislos den Kopf. »Wenn er wüsste, was er da getan hat.«

»Er hat es nicht besser verdient«, kommentierte Paul entschieden. »So ein Idiot! Er wäre der Erbe des Brunnens gewesen.«

»Kann man das nicht restaurieren?« Sabrina gingen Bilder von Archäologen durch den Kopf, wie sie versuchten, wertvolle antike Skulpturen zu rekonstruieren.

»Vergiss es! Es ist gut so, wie es ist.« Paul hatte endgültig genug von der ganzen Geschichte und er war froh, dass sie nun ihren Abschluss gefunden hatte. Er nahm Sabrina in den Arm, zog sie behutsam zu sich und küsste sie zärtlich. »Jetzt können wir uns in Ruhe wieder um uns selbst kümmern«, flüsterte er.

Sabrina nickte. »In den nächsten Wochen werde ich allerdings wenig Zeit haben«, sagte sie dann mit Blick aus dem Fenster.

»Viele Fälle zu bearbeiten?« Da war sie wieder, die Alltagsmühle. Paul nahm sich vor, demnächst mal mit ihr über ihren Ehrgeiz zu sprechen. Beruf ist schließlich nicht alles im Leben.

»Nein, Kapitänsschein«, antwortete Sabrina fast beiläufig.

»Kapitänsschein!« murmelte Manni und hob erstaunt die Augenbrauen, ohne den Blick von der Fahrbahn zu lassen.

Paul sah Sabrina ungläubig von der Seite an. Er hatte eigentlich geglaubt, er kenne sie in und auswendig. Doch jetzt war er sich zum wiederholten Mal unsicher. War das ein Scherz? Oder meinte sie das ernst? Schmunzelte sie da gerade?

Wie auch immer. Es gab etwas zu tun in nächster Zeit. Er musste diese Frau wohl neu kennenlernen. Und er freute sich sehr darauf.

Paul klopfte Manni von hinten kräftig auf die Schulter: »Gib Gas, Kumpel! Wir haben noch was vor.«

Als er sich gerade wieder abwenden wollte, stutzte er. Jetzt erst erkannte er den Gegenstand, der da am Rückspiegel baumelte. Es war die Gazellenpfote.

Paul lachte. Er fühlte sich auf einmal wie in alten, jugendlichen Zeiten. Berauscht, ganz ohne Rauschmittel. Es fühlte sich gut an. Ein Zustand, der ihn mit einem Mal die Welt umarmen ließ. Übermütig, leichtsinnig und verliebt.

Er fuhr das Seitenfenster herunter, streckte seinen Kopf hinaus in den Fahrtwind dieses warmen Sommerabends und rief so laut er konnte:

»Hello, world!«

Quellen

Das Zitat aus der Reisebeschreibung von Maurice Ravel entstammt der Berichtesammlung
Günter von Roden (Hrsg.), Duisburger Forschungen, Band 44, 1998.

Dem ThyssenKrupp Konzernarchiv danke ich für die freundliche zur Verfügungstellung des Artikels von Frau Dr. Gertrud Milkereit, 'August Thyssen und Auguste Rodin', erschienen in der Betriebszeitung 'Unsere ATH', 1966

Darüber hinaus dienten, neben Informationen aus dem Internet, nachfolgende Druckwerke meiner Recherche:

Antoinette Le Normand-Romain, Rodin: Les marbres de la collection Thyssen, 1996

Thomas Rother, Die Thyssens - Tragödie der Stahlbarone, 2003

Horst A. Wessel (Hrsg.), Thyssen & Co. Mülheim a.d. Ruhr, 1991

Bonus für Theaterfans!

Siegmar Wyrwich hat viele Jahre lang ein Freies Theater geleitet. Ein Thema, das ihn auch heute noch beschäftigt.

'Draußen' ist ein mitreißendes Minidrama (Dramolett), das einen satirischen Blick auf unsere moderne digitale Welt wirft.

Der Autor stellt es Theater-Interessierten frei zur Verfügung (Creative Commons Lizenz).

Infos und Download über die Autorenseite

www.facebook.com/siegmarwyrwichautor/